董鸣亭 著

上海十八恋

上海文化出版社

图书在版编目 (CIP) 数据

上海十八恋 / 董鸣亭著 . -- 上海：上海文化出版社，2018.8
ISBN 978-7-5535-1263-1

Ⅰ. ①上… Ⅱ. ①董… Ⅲ. ①故事－作品集－中国－当代 Ⅳ. ① I247.8

中国版本图书馆 CIP 数据核字 (2018) 第 129103 号

出 版 人　姜逸青
责任编辑　黄慧鸣　张　彦
装帧设计　叶　珺


| 书　　名 | 上海十八恋 |
|---|---|
| 作　　者 | 董鸣亭 |
| 出　　版 | 上海世纪出版集团<br>上海文化出版社 |
| 地　　址 | 上海市绍兴路 7 号 |
| 邮政编码 | 200020 |
| 发　　行 | 上海文艺出版社发行中心<br>上海市绍兴路 50 号　200020　www.ewen.co |
| 印　　刷 | 上海天地海设计印刷有限公司 |
| 开　　本 | 890×1240　1/32 |
| 印　　张 | 7.375 |
| 版　　次 | 2018 年 8 月第一版　2018 年 8 月第一次印刷 |
| 国际书号 | ISBN 978-7-5535-1263-1/I.471 |
| 定　　价 | 33.00 元 |

敬告读者　本书如有质量问题请联系印刷厂质量科
电　　话　021-64366274

# 目录

- 001 妈妈的爱情
- 013 永远的二小姐
- 027 同学的妹妹
- 039 亭子间的背影
- 049 梧桐树下的围巾
- 061 天边有朵火烧的云
- 075 有个姑娘叫小翠
- 087 佩佩和伟伟
- 099 那时的爱恋
- 111 有情人终成眷属
- 125 心中的蒙娜丽莎
- 141 十二年后,她仍孑然一身
- 153 想在上海有个家
- 163 我们结婚吧
- 175 鸟语传爱
- 189 除夕夜,烟花在窗前绽放
- 199 再续情缘
- 215 相信爱情

- 231 后记

# 壹

## 妈妈的爱情

一

妈妈八十岁了,孩子们都要给她做八十岁大寿,问她最想要什么礼物时,她说:"我想找一个人,只想在有生之年见到他。"

孩子们一听,顿时都傻了眼。在他们的心目中,妈妈把全部心血都倾注在了这个家里,爸爸活着时,他们相敬如宾,从来不会为一件小事争得面红耳赤。如今,在妈妈步入八十岁时,她却想见一个男人,一个她年轻时曾经爱过的男人。孩子们被妈妈的话惊呆了,他们不相信自己的妈妈会在年轻的时候深爱过一个除了他们父亲以外的男人。

可妈妈告诉他们这是真的,如果不是他发生意外的事情,她不会和他们的父亲结婚,那也就没有他们了。

孩子们非常理解她,并商量决定,由妈妈最小的女儿陪她去北京找他。

他叫杰豪,是妈妈高中时的学长,也是学校里的文艺积极分子。

那时候,新中国刚刚成立,每年国庆节都要举行盛大的游行活动,杰豪的个子比较高大,所以他是游行队伍中的旗手,扛着五星红旗威武雄壮地走在队伍前面。妈妈也是文艺骨干,经常跟在那些学哥学姐后面唱歌跳舞,杰豪就十分喜欢这个学妹,并亲热地叫着她的小名——芬芳。

啊，妈妈年轻的时候有过这样好听的名字，但这只有杰豪叫，爸爸从来不知道妈妈有过这样一个名字。但没关系，每个女人心中都有自己的秘密，也许就是这些秘密才形成了妈妈强大的内心，她内心藏着一份青春时的爱情，为了这个家，她一直深藏着。

那时候，杰豪的家离妈妈家有一站路的距离，有时候，杰豪就会走上一站路来芬芳家玩。

## 二

那是一个夏天，杰豪穿着短袖汗衫，摇着一把破的蒲扇走到了芬芳的家。芬芳父亲一见杰豪这个模样，就对他说："你穿得这样不整齐，是不能走女孩子家的。"

杰豪一听就笑了，他对芬芳的父亲说："伯父，我只是路过此地，顺便来看看同学。"

后来，父亲就严厉地对芬芳说："你是个女孩子，不能随便和男同学来往。"

其实，芬芳那时对男女同学之间的事情根本没放在心上，听父亲这样一说，也就笑着说："我才不会和他有什么故事呢。"

可也怪了，就从那次开始后，芬芳就对杰豪产生了一种莫名其妙的感觉，一天不见他就觉得心里少了点什么。只是到了杰豪高中毕业考上北京邮电大学之后，芬芳才知道他真的要离开她，离开上海了，于是，芬芳就送给他一本日记本。

这次是轮到芬芳去杰豪家找他了。杰豪住在城隍庙附近的一条老街上，此时正值傍晚，一条街上坐满了男女老少乘风凉的人。街上很乱，好不容易找到了杰豪的家，却看见门口一个光着上身的男人正在一个水龙头前洗着澡。那个人身材魁伟，浑身肌肉发达，那光滑的肌肉在夏日的夕阳照耀下闪闪发光。芬芳一见此人正是杰豪，不由得心乱跳起来，也被他的魅力吸引了。

杰豪的邻居是几个老太太，她们见有个小姑娘来找杰豪，就一起过来看热闹，并窃窃私语议论起来。芬芳也听到了她们在说她是杰豪的女朋友，说她长得真漂亮。杰豪发现了芬芳，忙用一条干毛巾把自己的身体擦干，热情地把她引进了自己的家，为她递上一杯自制的酸梅汤。

芬芳捧着杰豪递给她的杯子，心里就如一股酸梅汤一样，酸酸的，甜甜的，有种说不出的滋味。但她坐在杰豪家里不想动，直到浑身出汗了，她才知道天很热。

杰豪递给芬芳一把蒲扇，她一看这把蒲扇，就想起是杰豪来她家时摇着的那把，就抿着嘴笑了起来，对他说："你家就这一把扇子？"

杰豪马上翻箱倒柜找出来一把，塞进了芬芳的手里。她的手碰到了他的手，就觉得浑身触了电一样，马上把手移开了。可杰豪却抓住了她的手，她听到了他心跳的声音。杰豪对芬芳说："你会等我吗？"

芬芳就对杰豪点了点头，同时也知道了杰豪是个孤儿。在他三岁时，他的父亲工伤去世了，母亲因伤心过度得了肝腹水。那时的肝腹水就如现在的肝癌，母亲不久也去世了。杰豪是奶奶带大的，奶奶在几年前也去世了。听着杰豪的讲述，芬芳心疼了，她觉得自己要对他好，她答应他会等他回来的，如果回不了上海，那她就去北京和他一起生活。

## 三

杰豪去北京读书了，但每周三芬芳都会准时收到杰豪的来信。在信中他向她描述北京天安门的雄伟，讲述圆明园的建筑残骸在夕阳的光芒中给他的启发。但讲得更多的是对当时时局的一些意见，他深为国家的前途担忧。当时正是党内大鸣大放的时候，杰豪是学生会的领导，又是党员，他就在会上畅所欲言。

可好景不长，他给她的信越来越少了。芬芳发现自己已经很长一段时间没有收到杰豪的信时，她就向单位请了假赶到了北京。

那时候，芬芳已经工作了。因为家庭的关系，她要照顾几个弟弟妹妹读书，就没有考大学，而是在一个工厂里做了名厂校的老师。芬芳风尘仆仆地来到北京，找到了杰豪的学校。当她出现在校领导面前时，那些人看她的眼神都是冷漠的，其中一个年长的大姐告诉她："你找的那个人已经被关起来了。"

芬芳一听，一下子懵了，杰豪为什么被关？凭什么被关？就在她反复问自己时，那位大姐对她说："你回去吧，此处不是你久留之地。"

于是，芬芳失望地回到了上海。在没有杰豪任何信息的情况下，她每天失魂落魄，担惊受怕。她怕杰豪的直率和直言不讳给自己戴上"右派"的帽子，如果真是这样，杰豪的处境将会怎样呢？就在她每天想他的时候，杰豪终于来信了。这是一封托人转来的信，内容很短，寥寥数语："请忘记我吧，如果我俩结合，那我们生下的孩子永远不会有好日子过。"

芬芳读着这一行字，眼泪流了下来，她知道了杰豪的遭遇，否则他是永远不会说出这样的话的。因为，芬芳知道自己在杰豪心中的位置，她知道杰豪在心里深深爱着自己。因为爱她，所以不想让她遭受苦难。可芬芳不愿就这样失去杰豪，她要去找他，可他没有留下任何联系方式。

杰豪在芬芳的生活中消失了，可他在她的生命中留了下来。好几次，芬芳去北京出差或是学习时，她总会在火车上想起自己第一次去北京时的经历，想起自己和杰豪在一起的甜蜜往事。她希望奇迹出现，她希望他能回来找她。可她一直没有他的消息，芬芳也去城隍庙找过杰豪的邻居，他们也对她说，杰豪音讯全无，就如在这大千世界中消失了一样。

## 四

不久，经朋友介绍，芬芳认识了自己的先生，他是个上海男人，温柔体贴，会照顾人。最主要的是他是一个八级技工，每个月有八十多块的收入。八十多块钱对芬芳家人来说是个很大的数字，只要芬芳嫁给他，那他的工钱就可以补贴给娘家人，最主要的是可以补贴弟弟妹妹们的生活和读书费用。于是，在家人的催促下，芬芳嫁给了他。同时，她也把自己对杰豪的思念深埋在心底，就此尘封，数十年来从未提起,仿佛在她最美妙的时光里没有遇见过杰豪一样。

如今,妈妈的人生已经走到八十岁了,岁月的长河接近终点,未来,妈妈还有多少年可走呢?何况,妈妈是个知识女性,她知道自己将要告别这个世界,告别身边的亲人,去另外一个世界和自己的父母、丈夫团聚。所以,在这之前,她想做些自己想要做的事,她要去找杰豪,她要知道他生活得好吗,他成家了吗?他的"右派"帽子戴到什么时候的?他的身体状况如何?

那天,在小女儿的陪同下,妈妈坐上北上的列车,找到了北京邮电大学。校友会帮她翻出了当年的学生档案。可在历届毕业生的名单中并没有找到杰豪的名字。但妈妈不甘心,又努力地把当年那位大姐的模样说了出来,终于在好心人的帮助下,打听到了当年那位大姐。大姐姓李,可她也在几年前去世了。几经周折,关于杰豪依然毫无线索。于是,妈妈再次失望地回到了上海,比当年北京回上海更失望。同时,她的身体也出了问题。就在大家都为妈妈担心时,小女儿在网上把杰豪的事情写成了微博,她希望能通过微博找到知情人,进而为母亲找到杰豪。

真是功夫不负有心人,有个自称是杰豪当年难友儿子的人给小女儿发来了消息,他说知道杰豪的下落。小女儿就把这个信息告诉了妈妈,妈妈一听,脸上泛起了红晕。她被这个消息鼓舞着,兴奋得一夜没合眼,并催着小女儿带她去见那个人。

那人住在兰州,当他知道要寻找杰豪的是一位八十多岁的老人时,就自告奋勇地说来上海见妈妈。可妈妈坚持要去兰州见他,她甚至怀疑这个人说不定就是杰豪的孩子,杰豪如果结婚了,那他的孩子也该这般大了啊!

但孩子们还是不放心妈妈的身体，八十岁的老人是经不起任何风吹草动的，怎能长途跋涉至千里之外？于是，在孩子们的精心安排下，妈妈见到了这个孩子。

说是孩子，其实也已经有六十多岁了，他姓王。同时，小王的妻子也来了上海。他们告诉妈妈，杰豪当年被劳动改造派遣到了兰州黄河边上的农场里养马。小王的家就在农场附近的村庄里。那时候，兰州在闹粮荒，农民们就来农场里偷粮食。小王的父亲为了养活孩子，就加入了偷粮的行列中。

那天正是杰豪值夜班，当杰豪知道有人来偷粮时，就拿上一把梭标杆赶到了粮仓。黯淡的月光下，杰豪看到一双惊惶的眼睛正看着自己，他的心里有种说不出的滋味。已经这般年代了，农民们依然吃穿不足，否则谁会来偷粮呢？这也更证实了他在党内会议上的发言，也因为这样的言论，他被戴上了"右派"的帽子发配到了兰州劳动改造。于是，杰豪不但没捉偷粮的农民，还把喂马的饲料偷偷地分给小王的父亲。

不久，杰豪以勾结当地的"黑五类"分子、破坏农场革命建设的罪名被判了无期徒刑，押送到了新疆服刑。在开审判大会时，小王的父亲怀里抱着已经懂事的小王对他说道："这个人叫杰豪，是上海人，他是个好人，他救过我们一家人的命，没有让我们活活饿死。"

后来，不管杰豪是活着还是死了，每年大年三十，小王的家人总会在饭桌上放上一双筷子和一只酒杯，让杰豪和他们一起吃饭。并让小王认了杰豪为干爸，要小王一生一世不能忘了杰豪。小王说完就跪在了妈妈的面前说道："请允许我叫你一声上海妈妈，你和我干爸是同时代的人，为你们的爱情感动。"

妈妈听着，泪流满面，她拉着小王的手问道："你干爸真的去了新疆？"

小王说是的。

妈妈的眼泪也流在了儿女们的心上，孩子们纷纷表示愿意陪她去新疆找杰豪。

这下妈妈冷静了下来，这么多年过去了，独自承受了这么多的苦难，他还会活着吗？妈妈拒绝了去新疆，也让孩子们放弃这个寻找计划，她对孩子们说："我找过了，心意也尽了。如果他不在了，那我们就在天堂里相会吧。"

## 五

不久，妈妈病了，肺癌晚期。医生就对孩子们说："你们的妈妈已经八十多岁了，开刀也没有意义了，她想要吃什么就让她吃，想要做什么就让她做吧。"

孩子们知道妈妈的心思，她想见杰豪，这是她最后的愿望。但她的身体每况愈下，于是，孩子们商量决定通过有关部门去找杰豪。

当接待的人知道是一位八十多岁的老人想要找自己年轻时的恋人，并知道这段经过时，所有人都被这个故事感动了，他们说，一定会想办法找到杰豪。

妈妈的健康状况越来越糟了，她知道自己在这个世界上的日子也不多了，于是，她就对孩子们说："就是杰豪死了，也要找到他的坟墓，我要在他坟前为他深深鞠上一躬。是杰豪牺牲自己的爱情和婚姻换来了我今天的幸福生活。"是的，妈妈没有忘记那年杰豪托人带来的一封信，这是他给她的最后一封信，却在信中说："请忘记我吧，如果我俩结合，那我们生下的孩子永远不会有好日子过。"

妈妈的心愿促成了孩子们的一个孝心行动，大家四处寻找杰豪。终于在好心人的帮助下，在新疆一个部门找到了杰豪。如果把这个消息告诉妈妈，妈妈的人生也可以落下帷幕了，但能见到杰豪本人是她最大的心愿。

妈妈昏迷的时候，病床边来了一位特殊的耄耋老人，他坐着轮椅，骨瘦如柴，但那双眼睛却闪闪发光。他缓缓地移动着轮椅，深情地看着妈妈，对昏迷中的妈妈说道：

芬芳，我来看你了。你知道吗？我就是杰豪啊，当年，我在兰州被判了无期徒刑，后被押解到了新疆监狱服刑。若干年后，很多"右派分子"在家族的努力下得到了平反。可我因为是孤儿，家中无人来往，再加上我被判为"现行反革命分子"，只能靠自己在狱中的表现争取减刑。但我并没有失望，一直向有关部门写信，申诉自己的冤情。就这样，我不断地向上级叫冤，书信却不断地被退回来。监狱的难友告诉我，如果让家族给北京写信，那么我肯定能提前释放。我在上海的亲人就你一个人，可我不能害你呀，我情愿一个人待在监狱里，也不能影响你的前途。所以，芬芳啊，你千万别怪我无情，没有和你联系啊。

杰豪说着就去拉妈妈的手，眼泪滴在了妈妈的手上。妈妈苏醒过来了，她看着眼前的老人，嘴唇动了动，长长地叹了口气，并把杰豪的手紧紧地握在了自己的手里。

按照妈妈和杰豪的愿望,孩子们为这对老情人举行了结婚仪式。不久,妈妈就带着她青春年少时的爱情,握着年轻时的恋人、现在的丈夫之手安心地走了。妈妈的爱情感动了身边所有的人,她爱着杰豪也爱着爸爸。她告诉我们:因为爱情才拥有了婚姻,而只有爱情才能使婚姻变得纯洁。只有被爱情纯洁化了的婚姻才是真正的婚姻。

其实,妈妈的这场婚姻目的就是让杰豪老有所依,让他有一个温馨的晚年生活,这样,妈妈才会安息。

## 贰 永远的二小姐

一

很多事情都可以忘记，深埋心底的东西也会随着一个人的老去而被遗忘，但二小姐那清纯的模样时时清晰浮现在李生的脑海：她身着藏青色呢绒大衣，里面是月牙色蓝布旗袍。旗袍的领子很高，凸显了二小姐细长的脖子，脖子上围着一条玫瑰红长丝巾，齐耳短发在风中微微飘起。她站在李生边上，双目含情地看着他，对他说："我等你回上海。"

"我一定会回来娶你的。"李生看着二小姐微微发红的脸蛋，深情地把她拥进了怀里。

江边的风挟着轮船的汽笛声，声声催着李生该上船了。李生一步三回头地向着船上走去，当他走上船舷时，黄浦江上一轮橘黄的太阳正在慢慢下沉，夕阳的余晖披在二小姐身上，她扬着手昂着头使劲地向着船上挥舞着，她在寻找船上的李生。李生不忍心看到这一幕，就把自己藏进了船舱里。

汽笛拉响了，这艘载着李生的船从黄浦江起航，驶进太平洋，驶向美国。他以为等自己在美国安顿好之后就可以回上海把自己的未婚妻带去美国，可没想到，这一别竟然是永别，他再也没有见过二小姐。

## 二

那是1949年之前的事了。李生刚刚大学毕业，恰好国共打仗。他一时找不到合适的工作，就在家人安排下认识了一位女朋友。当时，李生是很抗拒这种相亲方式来定自己终身的，但李生又拗不过其母的坚持。母亲对李生说：我们李家又不是乱七八糟的人家，也不是放进菜篮子就是菜，对方也是体面人家，姑娘是上海的千金小姐，还是复旦大学的高才生呢。

李生一听对方是复旦的，心中不免产生几分仰慕之情，心想，这是一个受过高等教育的人，按理说人品和家境都不会错的。

李生和二小姐第一次见面就定在国际饭店，这第一次相亲双方父母都参加了。其实，双方父母早已认识，他们都是福建人。上海当时有个三山会馆，是福建人的同乡会，李生父亲是同乡会的理事，姑娘的父亲何老板在南京西路上开了一家西点店，生意也非常好。

李家作为男方，早早就到了国际饭店，李生坐定下来，不一会，只见一位穿着打扮十分得体的小姐向李生款款走来，她的边上是穿着西装的父亲和穿着旗袍的母亲。这一家人的出现顿时引起了李生的注意，他仿佛看到了一股气场在整个大厅里弥漫，特别是那位年轻小姐身上弥漫着一股浓郁的书卷气，一看就是有品位的富家小姐。

李母一见他们就热情地起身迎接，并把李生介绍给了两位长辈。介绍完二小姐，李生就主动地为她拉开椅子，恭敬地让她坐了下来。

李生按照上海人的规矩，称何家双亲为伯父伯母，称她为二小姐。二小姐也非常有礼貌地称李生父母为伯父伯母，在介绍李生时，她就含情脉脉地低下了头，双手放在一起端起了饭桌上的茶杯轻轻地呷了一口茶，脸刷地红了。

　　李生一见二小姐的模样，就心生欢喜。她身上既有西方女性的大方和风度，也有中国传统女性的端庄。李生喜欢这样的女生。于是，饭后，李生父亲就建议李生带着二小姐去隔壁大光明电影院看电影。记得那时候，大光明电影院放的是美国影片《出水芙蓉》，他们默不作声地坐在一起看了两个小时，谁也没有说话。

　　等电影散场了，李生对二小姐说："我送你回家。"
　　二小姐就点了点头，什么也不说，脸微微有点红。

　　其实，二小姐的家就住在南京西路石门路处，从大光明走过去也不算远。但李生不知道，他们就沿着南京西路一直向西走着，一直走到静安寺。二小姐就跟着李生走，也不说已经走过自己家门口了。也许这就是爱情的力量，让一个平时去学校都要家里司机接送的大小姐，跟着自己喜欢的男人走了很长的路，以至于脚踝微微抽筋，也不哼一声。

　　刚开始，他们聊电影里的情节，聊着聊着就聊到了美国。二小姐说她喜欢美国，等大学毕业了就去美国深造。她说自己学的是物理，就想成为一个像居里夫人一样的科学家。

　　李生一听，就侧脸去看二小姐，她的侧面非常美，鼻梁高挺，睫毛弯弯，眼睛明亮有神。都说福建人是扁平脸多，鼻子朝天，可二小姐俨然不同，气质非凡，她让李生眼前一亮。再看她的五官，李生觉得她长得有点像外国姑娘。他对她说："我也喜欢美国。"

她一听就问李生："你以后有什么打算？"

李生说："如果国家局势不稳定，我就会去美国。"

二小姐也说："听那些从苏联回来的人讲，那里有钱人家都活得不好，私人财产全部充公。"

"是呀，我家的厂子是爷爷省吃俭用赚下来的，我爸也是从美国留学回来后接手爷爷的家产。"李生说道。

二小姐也说道："我家那个西点店，每个西点的配方都是我父亲亲手配制的，我们家请的师傅都是自己老家的人，如果我父亲生意不好了，这些亲戚就得回老家种田了。"

李生和二小姐就这样聊着，走到了静安寺，二小姐惊讶地说了一声："啊呀，不知不觉走了这么长的路。"

李生一听就问她："平时不走路的？"

二小姐就笑了笑。

后来李生才知道，二小姐平时大门不出，二门不迈，去学校都是家里的司机送的。于是，李生就叫了一辆黄包车，俩人坐在车上，让车夫拉到了石门路。他们紧紧地挤在一起，李生听到了二小姐急促的呼吸声，也听到了自己剧烈的心跳声。但他不敢有任何妄想，他守住了自己的底线，他还不知道二小姐是不是喜欢自己，否则有个什么闪失那就误了二小姐一世的名节。

黄包车飞快地走着，天黑沉沉的，只有星星在明亮的夜空中闪耀着，半个月亮从白云里穿过，就像一幅美妙的图画，图画中有一位淑女坐在黄包车上，坐在自己的身边……

当李生把二小姐送回家后，就叫车夫把自己又拉到了静安寺。他看着高高的庙宇，这个从不信佛的年轻人竟对着庙门鞠了三个躬，他对菩萨说：我喜欢何家的二小姐，希望菩萨保佑我们能成为夫妻。

三

李生和二小姐的亲事在大人的催促下就定了下来，李家也同意等二小姐大学毕业后就和李生结婚。同时李生也知道，这个被称为二小姐的未婚妻，在家里排行老二，上面有个姐姐，只是这个姐姐在三年前因病去世了。准确地说，何家就剩下这个二小姐了，也是何家的掌上明珠。

二小姐为人热情大方，人也善良。每次李生去学校接她下课时，她总是说："你既然开车来接我，那就顺便把我要好的同学都送回家吧。"李生也就绅士地把几位女同学一起带上车，一一把她们送到家。

转眼，二小姐毕业了，共产党的部队也已经打到了长江以南。李家的工厂被厂里的几个地下党监管了起来。同时，李父接到了在美国生活的大哥来电，电报里吩咐他就是放弃家里的所有财产也要带着家人到美国来生活。他说：以后的中国是穷人的天下，你们是富人。

李父就问李生怎么办？李生就说那就去美国吧。父亲又问李生："那何家会同意吗？"当时李生就很天真地说了一句："二小姐也喜欢美国。她毕业后还想去美国深造，她要做个科学家。"

李父一听脸上就露出了笑容道:"好好,这样我们俩亲家都可以在美国生活了。"并嘱咐李生,"你去何家把我们的打算告诉他们,希望能征得他们同意。"

于是,李生就把家里准备去美国的打算告诉了二小姐,二小姐一听就兴奋地说道:"好呀,美国是我向往的国家。"李生就把伯伯的电报内容讲给了她听,李生对她说:"让伯父伯母把上海那家西点店卖了吧,我们到美国去结婚。"

李生原以为何家会听从他们的建议跟着他们一起到美国。没想到,当李生的父亲决定抛下上海所有的家产远赴美国时,何家却说不愿去美国生活。

李生知道这个消息后,就问二小姐为什么。二小姐对李生说:"我的姨夫是个共产党,他说,未来的新中国将是一个开天辟地的新时代,国家需要大批的知识分子和爱国爱党的工商界人士,共同建设我们的国家。"

李生就问二小姐以后有什么打算?

二小姐对李生说:"你就先陪伯父伯母去美国吧,我先在上海看看局势,何况我们还年轻,不急着结婚。"

李生听二小姐这样说也觉得有道理,美国究竟怎么样也还不确定,即使它再好也是别人的国家。而中国是我们的祖国,不管是什么人来做领导人,都是要让老百姓过好日子的,他就认同了二小姐的话,自己先去美国。

当时,李生的想法很简单,家人都去美国了,如果自己想回国也不会难。如果中国真的不如意，那么再接二小姐去美国也行。

于是，在1949年的3月，李家迁往了美国。临行前，李家和何家两家人在国际饭店吃了一顿饭，并再一次承诺了两家的亲事。李生父亲对何家的父母说："等我们到了美国后，一切安顿下来了，就接你们何家过来。"

告别的时刻来了。一个春寒料峭的午后，二小姐穿着长长的呢绒大衣，脚上穿着一双平跟鞋来码头送李生，当她从汽车上走下来的时候，李生看见她的眼圈是红的。说真的，他们相恋这些日子里一直没有拥抱过，就是手也没有拉过，唯一亲密接触就是相亲那天俩人坐在黄包车上挤在一起。对相爱的人来说，心灵的沟通就是至高无上的亲密。此时，二小姐站在李生面前默默地低下头，这对恋人马上就要分别了，何时才能相见？何时才能再看你一眼？看你的风采？看你的温柔？他们相视而立。片刻，李生对她说："二小姐，让我拥抱你一下吧。"

二小姐一听，身体微微一抖，眼眶顿时红了。江上微风吹过，扬起了她身上的那条玫瑰红围巾，撩起了她的齐耳短发，她的眼泪流了下来。但她眨了眨眼睛，脸上露出灿烂的笑容，就大大方方地张开双臂。

李生抱着她，他知道她哭了。他什么话也不敢说，只是默默地抱着她。其实他们心里都明白，二小姐是喜欢去美国的，但她的父母不愿去美国，她作为父母唯一的女儿，也不忍心舍下父母远行。李生多想把心爱的姑娘带去美国，但尊重爱人就要尊重她的一切选择。

这对即将分别的恋人怀着共同的美好愿望：他们相信自己一定

能成为彼此的对方，成为夫妻。于是，李生伸出手为她拭去了脸上的泪水，对她说："我一定会娶你。"

二小姐抬起了头，眼圈有点浮肿，她对他说："我非你不嫁。"

这是爱人之间的承诺，二小姐说出来了，李生听到了。

四

李生到美国后不久，上海解放了。

刚开始，李生和二小姐还能通信，彼此倾诉思念之情。后来，形势越来越紧张，二小姐就写信给李生说她想来美国。于是，李家费尽周折为何家办理了去美国的手续。可一个意外发生，何父突然去世，何母不堪打击病倒在床上不能动弹。

二小姐捧着李生的来信，她一遍遍地看着，眼泪打湿了信笺。她何尝不想一步飞到美国和李生团聚？可父亲去世母亲病倒，自己只能待在上海。

李生是家里的长子，传宗接代是李生的义务，再加上抗美援朝开始，李生和二小姐的通信也断了。不久，在父母的安排下，李生和一位杭州姑娘结婚了，这位姑娘叫素芳。

李生第一次和素芳见面时产生了她就是何家二小姐的错觉，她眉宇间看起来和二小姐很像。但李生知道，素芳就是素芳，二小姐就是二小姐。素芳长得像二小姐是李生心中的秘密，这个秘密李生一直没有对素芳说，生怕她听了会生气。但他告诉了素芳自己在上海时有个未婚妻，都到了谈婚论嫁的时候，因为命运，李生抛弃了二小姐和素芳结婚了。

素芳很大方地听着，她对他说："在我们这代人身上，有情人不能成眷属的多得是了。"

李生就对素芳说："请允许我在心里放个二小姐。"
素芳说："二小姐的边上再放个素芳。"

在美国生活的李生一直关心着祖国的局势，也为自己离开上海而感到幸运。李生生活安定悠闲，妻子贤惠，慢慢地把二小姐给忘了。直到尼克松访华，中美关系恢复，签订了《中美联合公报》后，李生才想起二小姐。

那天他从梦中惊醒，心跳得好快，他捂着胸口，身上直冒虚汗。素芳就问他怎么了？李生说他梦见二小姐了。

素芳就觉得奇怪，这么多年过去了，他们已经把二小姐给忘了，自己的丈夫怎么会突然梦到她呢？于是，素芳就对李生说："这么多年过去了，不知道二小姐好吗？"

李生只是呆呆地坐在床上，他对素芳说："我梦中看到的二小姐一个人站在码头边上哭，她头上还戴着一朵白花。"

素芳忙起床，在自家的佛龛前点上了三支清香，喃喃自语道："二小姐，如果你还活着就好好过你的日子，如果你不在了就保佑我家先生。你不能怨他抛弃了你，也别怨我抢走了你的未婚夫，那是你们有缘无分。不管怎么样,我会为你烧香拜佛的。"

五

自从那场梦后,二小姐的模样一直在李生的眼前晃动,让他心生不安。于是那年,在素芳的陪同下,李生回到了上海。一到上海,李生就去那家西点店打听,这家西点店已经改了名称,但店员一听说是找何家二小姐,马上就有人热情地告诉了二小姐现住的地址,说她在一所中学做了老师,到现在还是单身一人,没有结婚。

李生一听,眼睛一阵发黑,心里不由得一阵阵作痛。素芳见李生这么伤心就安慰李生道:"我们去何家看看二小姐吧。"

李生摇了摇手,眼泪流了出来,李生对自己说:我还有什么脸面去见她呢?

好在素芳的一个亲戚也在这所中学做老师,她就对李生说:"那我们就从侧面打听一下二小姐的情况吧。"

素芳的亲戚一听李生打听的是何老师,就向他们介绍了起来:这个何老师学的是物理,但她现在给学生上的是地理课。学生们很喜欢听她的课,地理课含地貌、交通、经济、出产诸类,她讲课自然是中规中矩。给同学们印象深刻的是,讲到各地特产,何老师格外精神。宁夏的滩羊皮,羊毛像九曲萝卜丝,千回百转等等,数不胜数。如果讲到吃的特产,那自然是更上一层楼,特别讲到福建家乡的荔枝、龙眼,皮薄肉厚汁多,更是绘声绘色,回味无穷,连我们做老师的也喜欢听她讲课。

李生听到福建人三个字,心里就如刀割了一样难过。他知道何家在福建也是个大户人家,按二小姐的天资和聪慧,她想当科学家的愿望是肯定能实现的。可命运让她做了一个中学的地理老师,命运让她一直没有结婚。尽管命运如此捉弄了她,但她仍然以一个大小姐的姿态优雅地生活着。

素芳就建议李生见见二小姐,不管怎么样,大家都已经是上了年纪的人了,作为朋友也该见上一面。

可李生心里明白,二小姐是在等他,这一等就是一个女人的一生,他还有什么脸面和资格去见二小姐呢?何况他们已经分别了整整二十年了,世道沧桑,其味只有经历过的人才知道。

李生回美国去了,但他还是在心里想着二小姐,并不断地从上海亲戚那里听到有关二小姐的消息:二小姐退休了,原本住在石门路的房子也动迁了,她搬到了上海郊区,一个人过着清贫孤寂的生活。

每当从上海传来二小姐的消息,李生就会失眠,他就会拉着素芳的手反复唠叨着一句话:"已经回到上海了,为什么不去看她呢?"

素芳就安慰他:"很多事情还是忘了好,也许二小姐已经把你忘了,过着她自己的生活。"

"她不会忘的,她如果嫁人了就肯定忘了。"李生说着,他发觉自己的舌头在反复说着这句话时已经不灵活了,也想起二小姐的年龄,她只比自己小一岁。那么,二小姐老了,自己也老了。

随着李生的孩子长大和成家立业,他们都回到了国内发展。

李生就对孩子们说:"上海有一个女人,她为了你们的爹一直没有结婚。"

孩子们一听,觉得不可思议,就问素芳,素芳说是的。于是,在素芳的安排下,孩子们找到了二小姐,此时的二小姐已经是满头白发的老妪了。

当二小姐拿着孩子们给她看的李生的照片时,她泪如雨下,只说了一句:都老了。

但李生拿着孩子们拍回来的视频,看着镜头中的二小姐,他的眼前出现的仍是那个年轻的二小姐,李生的心目中,永远是那个二小姐的形象。

## 叁 同学的妹妹

一

　　小强有个非常要好的同学叫阿贵,阿贵有个妹妹叫阿妙,他们三个人从小一起玩大,就像一家人。小强也把阿妙当作自己的妹妹一样宠着,甚至有时候比阿贵还要宠这个妹妹,和阿妙玩的时候,看着她的一颦一笑一举一动,小强就知道她下一步想要说什么、做什么了。每次她哭了,阿强就会跟着发急;阿妙想要什么,就是帮她去摘天上的星星小强也会去摘的。

　　每逢这时,阿贵会打一记小强的头塌,说他不好这样宠阿妙的,宠惯了,阿妙长大了就嫁不出去了。但小强就在心里想,嫁不出去了就嫁给我呀。可小强不敢说,怕阿贵在自己的脑门上敲"麻栗子"说他是痴心妄想。而最令小强担心的是,阿贵家是宁波人,小强家是苏北人。每次在一起玩时,阿贵总是对阿妙说:"我们一起玩是可以的,但绝对不可以嫁给苏北人,苏北人和宁波人是前世冤家,攀不了亲的。"说者无意,听者有心,小强想想也是,自己因为是苏北人而经常被同学欺负,好在阿贵虽然嘴上学苏北腔叫苦:"小强唉!"但真的看到有人欺负小强了,阿贵就拿出了宁波人那种刀架在头颈上头颈也石骨铁硬的腔调为小强打抱不平。所以,小强再怎么喜欢阿妙,心中也不敢有非分之想,因为他更看中和阿贵的兄弟情谊。不管怎么说,苏北人也有腔调的,那就是同学的妹妹就是自己的妹妹。

　　可小强人大了,心也大了,那种对异性的渴望随着他青春期的到来也蠢蠢欲动,好几次夜里做梦都梦到阿妙了。梦醒后,小强发觉自己身上的短裤都湿了，于是就狠狠地左右捆了自己两个耳光，骂自己没有出息。打完后，小强摸摸自己发烫的面庞又觉得委屈，说真的，自己是真的喜欢阿妙呀，为啥要对自己这般残酷呢？可另外一个人更让小强感到委屈，那就是阿贵，自己的同学，好兄弟，阿妙的哥哥。算了，想到阿贵，就想到了友谊，小强好歹也是个苏北汉子，在兄弟和女人之间，兄弟占了上风。俗话说，兄弟是手足，女人如衣服。再说天涯何处无芳草？难道我小强除了阿妙就找不到女人了？

小强总是这样安慰自己，但他仍一如既往地喜欢阿妙。分配工作后，第一笔工钱就给阿妙买了一支钢笔。他知道阿妙喜欢看书，喜欢摘抄书中精美的句子。后来知道阿妙要集邮了，他就当着自己要集邮一样去为她收集，问身边的人讨来一封封信，把信封上的邮票撕下来送给阿妙，甚至出差去了北京也不忘给她写明信片，还帮她增长集邮知识。小强希望阿妙将来成为一个有气质的女孩子，再嫁个好男人，当然，这个男人一定不是苏北人，否则小强心里会不平衡的。

## 二

阿妙比小强小四岁，扎着马尾辫，每天跟在小强身后，就像长不大的小妹妹。当时小强二十岁，阿妙十六岁，她天真得就像一朵太阳花，把两个哥哥当着太阳，太阳在哪里升起，花就在哪里开放。她知道自己哥哥平时不是很好说话，但小强是有求必应。于是，她就老是对小强发嗲，她的嗲劲是一种上海小姑娘的嗲，嗲得叫人看了适意，嗲得叫人不忍心拒绝。也就是说，小强只要看到阿妙发嗲，他浑身就如贴了一副"老膏药"啥办法也没有了。

阿妙的嘴也很甜，她叫自己哥哥是阿哥，叫小强是小阿哥。但当阿哥在叫："小强唉！"阿妙也叫："小阿哥唉！"这时小强就知道阿妙有事情求自己了。她说要吃冰砖，那种一角一分的简砖。阿贵说一角一分是家里一天的开销钱了，可以买三分青菜，五分肉丝，二分豆腐，一分葱。但阿妙说自己扁桃腺炎发了，只有吃冰砖才能消肿。阿贵就说阿妙是馋老虫从肚皮里爬上来了，吃点盐炒豆下去扁桃腺炎保证好。

阿贵说完就叫道："小强唉，帮我生炉子。"

小强一听马上用一把柴刀把几根木头劈开，再用几张废纸做引火，然后拿了一把又破又旧的扇子用力地在炉门处扇火。不一会儿工夫，炉子生好了。阿贵随手在一个淘箩里抓了一把晒干的蚕豆放在铁锅里炒了起来。阿妙就在边上拉着小强的手不停地说着："小阿哥我要吃冰砖，我要吃冰砖。"阿妙的声音除了那份嗲还有一种委屈，似乎小强不答应这个妹妹的请求，他就不是男人了。于是，小强就对阿贵说："盐炒豆吃了要上火，阿妙的扁桃腺炎更厉害了，应该吃冰砖。"说完他就以最快的速度到弄堂口，转个弯跑到一家冷饮店买来了一块冰砖。小强怕冰砖会烊了，就把冰砖捂在胸口，他以为棒冰是用厚被头捂着的，冰砖也是如此。当他回到阿妙和阿贵面前时，兄妹俩已经在吃盐炒豆了。阿妙一见小强，马上端上一只碗，碗里是几粒盐炒豆，阿妙对小强说："小阿哥，阿哥一共给我二十粒，我和你一人一半。"

小强听了，心里一阵激动。盐炒豆在他们这个年代是一种高级零食，一般人家是用来当菜吃的，将炒好的蚕豆放在咸菜卤里浸着，等外面的皮软了，就吃了肉叶了壳伴着香喷喷的一碗洋籼米饭填饱了肚皮。想到这里，小强就把碗里的十粒盐炒豆倒在了手心里，把胸口的冰砖放进了碗里,他对阿妙说:"趁没有烊掉,快点吃吧。"

阿妙看着碗里的冰砖,那雪白的小方块上冒着一丝丝的白汽,白汽里透着一股浓郁的奶香味。她知道,这块冰砖的价格对小强来说就是家里一天的开销。她舍不得吃,又怕自己阿哥会骂,但又经不住冰砖对自己的诱惑,于是,她对阿哥说:"我扁桃腺又痛了。"

阿贵吃着盐炒豆,他把壳和肉一起咽进了肚皮里,然后用凶神恶煞般的口气对小强说道:"侬这样惯阿妙要把她惯坏的。"说完阿贵就对阿妙说,"吃吧吃吧,小强前世欠侬的。"

阿妙吃着冰砖,那味道是没话可说了。小强就看着阿妙吃,看她小小的脸蛋上闪着幸福的光芒,看得他的馋老虫也在肚皮里偷偷地说着:这冰砖真香,真甜啊。于是,小强就张开了手掌,手心里紧紧攥着十粒盐炒豆,馋老虫就提示小强道:这十粒盐炒豆是侬的。小强就拿起一粒盐炒豆想放进嘴里,可又有一个声音对他说道:"等一会儿,阿妙吃完冰砖又要想吃盐炒豆了。"

于是,小强把盐炒豆放进了口袋里,他和阿贵就去弄堂里斗鸡了。等这两个哥哥斗得一身臭汗时,阿妙的冰砖也吃完了。一块冰砖经过阿妙的喉咙口,阿妙的偏桃腺已经不痛了,精神也好起来了,就扯开嗓子冲着小强叫道:"小阿哥我也来斗鸡了。"说完,阿妙就把左脚搁在右大腿上,横冲直撞地用右脚的力量出现在了他们面前,三个人就在弄堂里白相起来,一条弄堂里只见他们斗得鸡飞狗跳,笑声洒满一条弄堂。

阿贵看着阿妙一脸的汗水,这才想起炉子上正烧着开水,开水好了就要烧夜饭,阿爸姆妈下班回到家就可以吃夜饭了。于是,阿贵就停止了游戏，问阿妙肚皮是不是饿，阿妙一听顿时觉得肚皮里咕噜咕噜地响，她说饿。小强一听，马上想到自己袋里的盐炒豆，就把手伸到裤子袋袋里。这一伸，小强顿时头皮一阵阵发麻，难道碰到大头鬼了？袋袋里的盐炒豆没有了。小强明明记得自己把盐炒豆放在了裤子袋袋里，他知道阿妙疯过后会叫肚皮饿的，到时候就给她吃，可盐炒豆不见了。小强顿时头冒冷汗，慌忙用手使劲地在袋袋里摸，再一摸，小强摸到了裤子袋袋里有一个小洞，那盐炒豆肯定是随着洞洞都掉了。啊呀呀，小强摸着这个小洞，他连死的心都有了，但他又不敢说这事，只是跟着阿贵兄妹俩回到了他们家。

回到家的阿妙吵着还要吃盐炒豆，阿贵说：这些盐炒豆是晚上用来做菜的，是给阿爸姆妈当夜饭吃的。可阿妙还是吵着要吃，于是，阿贵就使出了撒手锏，他把自己的手臂伸到了阿妙面前说道："侬要吃就咬我手臂吧。"

阿妙听了就笑了，她用狡黠的眼神看了看小强，就对阿贵说："阿哥的手臂臭的，小阿哥的手臂香的。"说完阿妙就拉起小强的手臂咬了起来，只见小强的手臂上留下了一排整齐的红红的小牙印。阿贵笑了，小强也笑了，于是，阿妙在两位哥哥的笑声中，拿了一本书安静地坐在一边看起了书。

三

阿妙十八岁的时候，他们家出了意外，阿妙的父亲因为工伤去世了，她的母亲经不起这沉重的打击也病倒了。这对原本十分幸福的家庭来说无疑是个沉重的打击，阿妙也一下子变得沉默寡言起来，那张可爱的小脸失去了原有的笑容。而最糟糕的是，她有时候拿着一本书呆呆地对着天花板发呆，也变得神经质起来，家里一有风吹草动，她就惊愕不已，胆子越来越小，一个人根本不可能待在家里。为了照顾阿妙和她的母亲，小强就和阿贵一起担当起这个家的全部了，每当阿贵陪他的母亲去看病时，小强就陪在阿妙的身边，同时还帮他们家做饭。

那年的8月底，上海刮着台风，大雨也下个不停。那呼呼的台风把弄堂里所有人家的窗户都吹得砰砰作响，阿妙的母亲因患心肌炎在医院里吊针，而阿妙也受了风寒，39℃高烧不退，扁桃腺炎发作。她躺在床上不停地呻吟着，小强就用冷毛巾一遍遍地敷在她额头上降温，可她只是冲着小强叫着："小阿哥，我热死了，你把我放进冷水里去泡一泡吧。"

小强望着阿妙红红的脸蛋，一个发着39℃高烧的人怎么能放进冷水里呢？于是他就对阿妙说："我们不如换个地方躺吧？你睡的地方时间长了，温度也就高了，换个凉爽的地方你就不觉得烫了。"

病中的阿妙十分听话，她就按小强的话换了睡的地方，可时间一长，那张凉席又被她的温度传热了，阿妙又叫了起来："小阿哥我口干死了，我喉咙有火在烧一样。"

小强知道，治阿妙扁桃腺炎最好的办法就是吃冰砖。于是，小强拿起保温桶打开房门撑起雨伞走进了风雨中。呼啸的台风挟着倾盆大雨劈头盖脸地浇在小强的身上，小强才走了几步，浑身已经被雨淋湿了，但小强仍小心翼翼护着保温桶走了几家冷饮店才买到了一块冰砖。当他回到弄堂时，远远地看到阿妙站在家门口，站在雨里，浑身都淋湿了。看到此景，小强的心痛得都要滴血，他就扔掉了雨伞向阿妙奔去。阿妙看到了小强就哭了,她哆嗦着双手紧紧抓住小强的手说:"小阿哥你去了哪里?"说完,阿妙的身子就软软地倒了下来。

小强忙把阿妙扶起,抱进了房内。当他抱起阿妙那滚烫的身体时,他碰到了一个女人已经发育得非常完美的身体,小强的双脚失去了力量,他顿时双膝跪地,一个趔趄将自己的身体压在了阿妙的身体上。他的嘴贴在阿妙的嘴上,他感觉到了这张嘴的魅力,他想去亲吻她,他想把这个柔软的身体紧紧地抱住。可他知道,阿妙在昏迷中,她什么也不知道,那小强什么事情也不可以做。想到这里,小强就从地上站了起来,深深吸了一口气,把阿妙抱回到了床上。

小强打开保温桶,取出了冰砖,放进了一个碗里,想递给阿妙。可阿妙还在昏睡中,什么感觉也没有。于是,小强拿着碗,坐在了阿妙身边,他用调羹舀起了冰砖递到了阿妙嘴边。阿妙双唇紧闭,小强就用手去掰,他摸到了这张滚烫的嘴,他就将手停在了红红的唇边,那只端着调羹的手不停地在颤抖,调羹里的冰砖已经烊了,雪白的奶油水滴在了阿妙的脸上。阿妙醒了,她微微睁开眼睛看了小强一眼,叫了一声:小阿哥。

小强喉咙口一阵哽咽,拿在手中的调羹失去了平衡,泪水直在眼眶里打转。阿妙就用她的小手为小强抹去眼泪,说道:"小阿哥不要为我伤心,我吃了冰砖就会好的。"她一边说着,一边就拉着小强拿着调羹的手往自己嘴边凑。小强一见阿妙要吃冰砖,忙把调羹伸到了阿妙嘴边喂了起来。

阿妙从床上坐了起来,可她坐不稳,于是,小强就把她抱在怀里,喂她吃冰砖。一块冰砖花了小强半个多时辰,阿妙就在小强的手臂上躺了半个时辰。虽然小强年轻力壮，阿妙小巧纤瘦，但时间一长，小强的手臂也发酸发麻。可小强就是舍不得动他的手臂，他不想让阿妙有任何的闪失。

也许冰砖是阿妙的救星，阿妙吃了冰砖后元气有所恢复，她就冲着小强笑了起来，她说自己真好，有两个哥哥同时疼着她。但她认为自己长大了，再也不能像个疯姑娘一样了，她要好好读书，把所有的世界名著都要读遍，将来也写小说，把两个哥哥的故事都写进小说里。

小强听着，他想如果将来事情正如阿妙所说的那样发展，那自己和阿妙的距离也越来越远，这已经不是宁波人和苏北人之间的距离了，而是眼界和境界的距离了。但小强不愿去想得这么远，他喜欢眼前的阿妙，喜欢阿妙躺在自己臂膀上的样子，就是这只臂膀为了阿妙断了他也心甘情愿。

四

这场病后，阿妙似乎长大了很多，也变得安静起来，她把更多的时间花在了书上。不久，国家恢复了高考，阿妙顺利考上了她心仪的大学，这所学校位于浙江杭州，阿妙终于实现了理想。

去学校报到那天，小强和阿贵把她送上了火车，这两个哥哥怕阿妙到了杭州站后拿不动行李，就托邻座的一个男孩子照顾一下阿妙。当知道这个男孩子恰好也是去杭州的那所大学报到时，小强就拉着他的手不停地说着："拜托侬了，拜托侬了。"火车广播响起：列车马上要启动了，请送客的旅客赶快下车。于是，在阿妙的催促下，阿贵和小强才依依不舍地下了车。

火车拉响了汽笛，阿妙从车窗里探出了她的手和那张青春闪耀的脸，她不停地挥着小手冲着小强、阿贵叫着。这时，小强才想起自己忘了一件非常重要的事情。于是他马上以最快的速度跟着火车奔跑起来，一边跑一边把手中高高举起的一个信封递到了阿妙手里。

阿妙接过了信封，信封沉甸甸的。那个邻座的男孩就对阿妙说：他是你男朋友？你男朋友很浪漫啊，还给你写了这么厚的情书。阿妙听了脸上闪过一道惊喜，但她不好意思打开，就把信封塞进了包里。

小强站在月台上，望着远去的火车，他知道阿妙离自己远去了，那个同学的妹妹只能永远是妹妹了。但小强的心里非常满足，只要阿妙幸福，他都愿意。

若干年后，阿妙和火车上那个邻座男孩子结婚了，并在美丽的西子湖畔安了家。当他们知道小强也要结婚时，他们就用当年小强给阿妙的那个信封装上了满满一信封钱，专门赶来喝小强的喜酒。

阿妙叫着："小阿哥，恭喜侬啊。"说完就随手递上了信封。

小强看着手中的信封，眼里闪过一丝泪光，他知道自己心中永远爱着这个小妹妹，而这种爱谁也无法替代。

这时，阿贵走到他们中间，在小强的肩膀上拍了几下说道：那年我妹妹去杭州读书，你却拿出几年的积蓄全部给了她。我是阿妙的亲哥,但你已经超出了我这个亲哥。

　　小强听着,心里却在想,这些钱又算什么？如果阿妙要我的全部,我都会给她的。但他没有说,他知道,很多事情还是不说出来的好,这样,自己在阿妙的心里永远是哥哥。

肆

亭子间的背影

一

　　小凤的少女时代是在石库门里度过的，那些家家窗户紧挨着的房子，彼时都能听到对面人家说话的声音。但石库门里的小姑娘一般家教都很严，尤其是小凤的家里有一个特别凶的母亲，如果让她看见自己的女儿在弄堂里和男孩子说话，就会不问青红皂白地训斥小凤一顿："小凤，我告诉侬，小姑娘来勒弄堂里和那些男小顽讲闲话像啥样子呀？啊！小姑娘应该像小姑娘的样子，勿好随便和男小顽讲闲话的，侬格种腔调大家看见了肯定认为阿拉爷娘是勿做规矩的。"

　　"姆妈，我晓得了。"小凤听着母亲的教训，乖乖地答应着，从此再也不敢在弄堂里和男孩子讲话了。但不和男孩子讲话并不代表小凤的心里对男人没有感觉，随着小凤的成长和身体里雌性激素的产生，小凤对男性还是有好感的。这个好感来自住在对面亭子间的一个背影。

　　这个背影对小凤来说就是认识一个男生的开始，也是她的初恋。那年小凤十八岁，她的右脚踝骨折了，打了石膏在家休息。这是一个夏天，动一动就是一身臭汗的季节，可怜的小凤穿了一件母亲给她做的睡衣，里面再穿一件内衣紧紧地裹在已经发育的身体上，下着一条长长的睡裤，右裤脚管撸到膝盖上，一段纱布绑着的石膏从脚踝缠到脚背面，脚背面肿得像一只用黑面粉做出来的馒头。

　　被石膏绑着脚的小凤，每天坐在家里发呆，发好呆就是睡觉，睡好觉继续发呆，时间一长，她也分不清自己是在发呆还是在睡觉。总之，不管是什么，那个脚就是疼，疼得她想发泄，可她不知道发泄些什么东西。她觉得自己是那么可怜，可怜得连想要什么也表达不清。就在她稀里糊涂时，传来了一种微妙的声音，这种声音像是梦里传来，迷迷糊糊地唤醒她那麻木的状态。小凤就睁开眼睛，她听到了一种近似天籁的声音，又像是从她心底流出来的声音。她在半睡半醒中，沉醉于那美妙的声音。渐渐地，她哭了，她是被这悦耳的声音感染了，同时，她找到了自己想发泄的东西，就是自己的孤独虚弱，还有一种渴望，她希望有一个自己喜欢的男孩子能陪伴自己。

一想到这里，小凤的脸不由得红了起来，她就从床上坐起来，艰难地挪动到房间中间，她在寻找这个声音的来源。小凤发现这个声音来自对面的一扇小窗，那是一间亭子间，那美妙无比的天籁之音就是从那个亭子间里传出来的。于是，小凤走到了自己的窗前，打开窗户，那声音更加悦耳动听起来。这时，她看见了一个黑黑的影子正背对着她在拉着小提琴。于是，小凤痴痴地伫立在窗前，两眼死死地盯着那个背影，双耳竖起，聆听着美妙的声音……

## 二

小凤知道那个亭子间里的背影是谁，也知道他叫什么名字。他在家里排行老三，他的家人都叫他阿三。她还知道阿三已经毕业了，去年去了安徽一个工厂工作，今年夏天放假回到了上海。她和他虽然是近在咫尺的邻居，却从来没有说过一句话，就是打个照面的机会也没有过。可此时，小凤被那个黑黑的背影迷住了。阿三正站在亭子间里拉着他的小提琴，对小凤来说他是那么高大神奇，他拉出来的每一个音符和随着节奏摇曳的身体,小凤都如痴如醉。她似乎忘记了周围的一切,只是默默地听着、看着,同时,一个念头在她心里升起:我这样看着他,他知道我在注意他吗?

从这一天开始,每天傍晚,小凤总会听到对面亭子间里传来阿三拉小提琴的声音。只要他的小提琴声响起,她就会趴在窗台上望着他的背影认真地听着。阿三的小提琴拉得真好,时而有鸟在鸣叫,时而有水在流淌,时而有云在飘荡,但小凤听到更多的是风声和雨声,还有各种花儿开放时的声音。小凤深深地陶醉在这些声音里,她仿佛在这些美妙的声音中看到了一幅美丽的图画,她在画中载歌载舞。

有时候,小凤在图画中跳着舞时,那声音突然停了下来,她的心也就扑通一下掉了下来,顿时,她觉得自己的心空荡荡的。她喜欢这种声音,喜欢在图画中跳舞,或是坐在窗台上看着阿三的背影。那个背影有着宽厚的肩膀,肩膀上是一个大头,头发又黑又亮,她就死死地盯着那个背影看,似乎这背影上面有许多她无法知道的秘密。

于是,小凤开始注意起阿三了。只要听到有人在叫阿三,她就会拖着肿胀的右腿不顾一切地扑在窗台前去看动静。有时候,是阿三的母亲来亭子间叫他下楼吃饭去,有时候是他的姐姐在窗口下叫着:"阿三,别老拉了,帮我去中央商场买点玻璃丝回来。"

这时候,小凤就希望阿三能走到亭子间的窗口,冲他的姐姐回一句话。那么,小凤就能看到阿三的正面了。可阿三听到有人叫他,他就停止了拉琴走出了亭子间,直接把门也关上了。但小凤还是痴痴地坐在窗前,看着那扇亭子间的窗户在夕阳的余晖里闪着灿烂的光。那些光把小凤的眼睛都刺痛了,于是,她就闭起眼睛,把那道光留在了眼睛里,眼睛里是一个高大的背影,这个背影披着一身五光十色的光亮站在她的面前拉着小提琴。

难道说小凤爱上了阿三?有个声音在问小凤。"没有,没有。"小凤马上摇着头否定了这个声音。难道是爱上了他的小提琴?"我是个五音不全的人,都分不清他拉的是多来米索呀?"小凤的心跳得异常的快,同时,她发觉自己那只右脚背面的肿在慢慢地消下去,黑馒头也变成了白馒头,那种混混沌沌的感觉也没有了,眼前就是一幅画,这幅画在音乐声中会跳动。

平时阿三不拉小提琴的时候,小凤的耳边仍然会回荡着那些悠扬抒情的曲子,她已经熟悉了这些旋律,她会轻轻地哼,哼的时候她觉得眼前的一切都是那么美好。但又一个困惑来了,小凤只要一天不看到亭子间的影子,她就会魂不守舍起来,她希望阿三每天在亭子间里拉小提琴,就是不拉,哪怕是站在原地一动也不动,对小凤来说都是一种快乐和享受。

阿三来到亭子间时,小凤又希望他能转过身来看自己一眼,也让她看他一眼。说真的,这么多年邻居,小凤和阿三一直没有面对面过,这和家里的规矩有关,因为母亲一直对她说:一个上海的小姑娘,看到男人不好骨头轻,要矜持。想到这里,小凤就感到委屈,埋怨自己的母亲,如果不是母亲的家教,也许小凤早就认识阿三了。可埋怨是没有用的,母亲对自己的严也是为了自己好。

三

于是,稍能下楼的小凤就有事没事地和阿三的姐姐套起了近乎。

那时候,弄堂里的小姑娘都会用玻璃丝编织东西。小凤就托母亲去买了许多玻璃丝,然后挪动着右脚一瘸一拐地去请教阿三的姐姐怎样用玻璃丝编织。可她就是没有勇气走进阿三的家,她和阿三的姐姐就坐在大弄堂里学。等她学会了用玻璃丝编织小金鱼、小猫、小狗、小皮夹、手提袋等许多小玩意时,她都不知道这些东西该送给谁。别人问她要,她都不给,包括教她的师傅——阿三的姐姐。

小凤把这些小玩意都藏在一个纸盒里,并用红丝带绑个蝴蝶结把盒子封了起来,她想把这个盒子里的所有东西都送给阿三。

转眼,夏天过去了,小凤的脚可以拆石膏了。拆了石膏的小凤就如一只快乐的小凤凰在自己的前楼房间里张开双臂飞来飞去,并情不自禁地唱起了歌:"沿着校园熟悉的小路,清晨来到树下读书……"突然,她在自己歌声中听到了一阵悠扬的旋律,那旋律正伴着她的歌声在她耳边回荡着。小凤马上停止了歌唱,两眼发亮,回头向亭子间望去,她看见了一个高大的身影走到了窗前,正面对着她在拉小提琴,那正是脑袋偏大头发乌黑的阿三,他眯缝着双眼看着小凤深情地拉着,当他看到小凤时,就放下了小提琴也唱了起来:"初升的太阳照在脸上,也照在身旁这棵小树。"

   亲爱的伙伴,
   亲爱的小树,
   和我共享阳光雨露,
   让我们记住这美好时光,
   直到长成参天大树
   ……

这是一首由王洁实和谢莉斯男女声合唱的《校园的早晨》,在小凤那个年代也属于流行歌了。小凤和阿三一起唱着，唱着属于他们那个时代的歌，让青春如夏日之树茁壮成长，让歌声在蓝蓝的天空下飘荡，飘过长长的弄堂覆盖在红色的瓦片上，久久回荡，也回荡在小凤的心里。

四

不久，那亭子里再也没有阿三的背影了，也没有了琴声。阿三走了，回到安徽那个工厂里去了，临走也根本没有和小凤打招呼，她只是后来没再听到小提琴声才知道他走了。小凤陷入了漫长而又痛苦的期待，她还是会在夕阳西下的时候，趴在窗台上默默地望着对面的亭子间，渴望着那个高大的背影再次站在亭子间拉响小提琴。她希望自己那颗微妙的心能让人知道，于是，她就开始记起了日记，把自己多愁善感的少女之情全部真实地记录了下来，她希望有一天阿三能看到这本日记本，让他知道自己是多么喜欢他。

伴着小凤的思念，春节即将来到。那天，她正在自家窗台前切着年糕，她在等待奇迹出现，她知道要过年了，阿三也该回来了。就在她瞎想八想时，一不小心手指头被刀切了一小块肉。她"啊呀"一声惊叫起来，忙抬头把手指放进嘴里吮着血。突然，她的眼皮底下掠过了一个熟悉的影子，她看见了对面亭子间里有人正背对着她在拉小提琴。小凤顿时忘记了手指头的疼，张大着嘴巴含糊地叫了一声：阿三。

小凤的声音很轻，又是冬天，家家都紧关着窗户，阿三是根本听不到小凤叫他的。但一向矜持的小凤知道自己失态了，她就紧紧握着那只滴血的手指头，看着对面亭子间的背影不知不觉流下了眼泪。她已经忘记了手指头的疼，她的心更疼。她看见了对面的窗户里，那个背影的边上有一个姑娘正面对着小凤，她梳着两根长长的辫子，一张漂亮的脸蛋，双目含情脉脉地看着阿三，似乎在欣赏着阿三，她的脸上满是幸福。

阿三正拉着小提琴，不停地晃动着身子，并不时地侧过脸看着身边的姑娘。小凤明白了，那个姑娘是阿三的女朋友，阿三正在为她演奏。泪水模糊了小凤的双眼，她看到阿三正转过身子和他的女朋友一起走到窗前，他们向小凤望过来。那个姑娘非常大方，她看见小凤就把亭子间的窗户打开，热情地向她招手。小凤听清了阿三演奏的曲子，那是一首："清晨我们来到校园……"一阵高昂的女声在跟着唱：初升的太阳照在脸上，也照在身旁这棵小树。

亲爱的伙伴，
亲爱的小树，
和我共享阳光雨露，
让我们记住这美好时光，
直到长成参天大树
……

听着美妙的歌声，小凤也加入了歌唱，她忘记了手指的疼，也忘记了心里的疼。她希望这位姑娘永远陪在阿三身边，永远站在亭子间里，那么她就能永远看见阿三，也能一直听他的演奏了。

从这天开始，小凤就把窗户开得大大的，她沉浸在一种兴奋中，她在心里对自己说：阿三回来了。虽然她知道阿三有了女朋友，她有点失落，但更多的是为阿三高兴。她从阿三姐姐那里知道了这位姑娘也是从上海到安徽去的，是阿三的同事，是单位里的文艺骨干，每当单位有文艺演出，阿三就拉小提琴，姑娘就演唱，他们的爱情就此萌发。

小凤也渴望爱情，但她知道爱情是两个人的事，仅凭一颗心是无法碰撞出火花的。从此以后，小凤渴望的爱情就是两颗年轻的心彼此吸引，相携相伴，共同成长，无关其他。

小凤把那个珍藏着的纸盒拿了出来，解开蝴蝶结，打开盒子，盒子里放着用玻璃丝编织出来的红红绿绿的小玩意儿。她捧着盒子走到苏州河边，把盒子里的东西全部倒进了河里，她默默地看着河水把这些东西全部带走，流向远方。

那天晚上，小凤坐在灯下写着日记，她写道：那个夏天，我邂逅了爱情，却在这个冬天失去了爱情，但那个亭子间的背影永远留在了我的心里……

# 伍

## 梧桐树下的围巾

一

　　上海的冬天冷起来要人的命,那是一种湿冷,冷到骨子里。那时候,还没有空调,在家也要穿着厚厚的棉大衣,更不要说站在四面敞风的店堂里,西北风呼呼地刮着,刮得顾梅的一双小手都生了冻疮,一只面孔也冻得像只烘山芋,左右发青。

　　顾梅去看医生,医生看看这个小姑娘还这么年轻,一双小手已经冻得血淋淋,于是发了慈悲心,帮顾梅开了病假条,对她说只要一个冬天不再生冻疮,以后就不会再生了。可顾梅还是要上班。她不是为了要给单位里领导一个好的印象,而是喜欢走在上班的路上。

　　那年的顾梅刚从学校毕业,被分配到一家南货店里工作。她每天要走一条小路,那是一条幽静的鹅卵石马路,两旁是高大粗壮的梧桐树,梧桐树下面是一座座的石库门人家,这是一条典型的上海小马路,也是顾梅生活和工作的地方。

　　每天早晨,顾梅沿着这条路步行十几分钟就到了南货店。那时候的南货店是早上八点开门,一直营业到晚上六点关门。整整十个小时,还不算上下班路上的时间。漫长的工作让人觉得枯燥乏味,而真正让顾梅感兴趣的却是这条铺着鹅卵石的路。她在这条路上走过了多少年,走过了多少个春夏秋冬。屈指数来也伴着她走过了最美好的少女时光。她喜欢那清晨里的阳光,看着自己的影子投在路上,细细长长的,要腰身有腰身,要长腿有长腿,这影子比她真人还要漂亮,还要曼妙。于是,新的一天就这样伴着顾梅美妙的心情开始了。

## 二

年复一年,不知不觉,几年过去了。突然,有一天顾梅发现小路上有个熟悉的陌生人,他每天总是这个时候这个地方与她擦肩而过。时间长了,他们就成了不打招呼的见面人。虽然,顾梅不知道他姓什么,在哪儿干活,但有一天不和他相遇,却会在心里嘀咕着这个人为什么没有出现?

虽然不知道他姓什么,但顾梅在心里偷偷地给他起了一个绰号叫"四眼",四眼有一张四方的脸庞,白净的脸上戴着一副眼镜。所谓的四眼在顾梅青年时代是斯文和知识的象征,说明他是一个知识分子。

四眼每天从顾梅身边走过时,不是手里拿着一本书,就是挟着一本杂志,有时候手里捧着一个半导体,一边走一边在听日语。那时候,中日已经建交,随着田中先生的访华,日语迅速地在各个媒体成为热门话题。

顾梅也不知道自己从什么时候开始注意起四眼的,她发觉四眼不但是个知识分子的样子,直觉还告诉她,他肯定也是个上海好男人。同时,顾梅也想知道四眼是怎么看待自己的。这些年来,每天面对面走过,他就没有看到我这样一个梳着长辫子的小姑娘?是不是嫌我长得难看?还是和我一样也在心里给我起了什么绰号?如果他帮自己起绰号了那又会起什么绰号?是不是叫我小辫子?或是小毛头?一想到小毛头这三个字,顾梅就笑出了声,并在心里骂了自己一句:"老十三喔,小毛头是同学起的绰号,四眼是不知道的。"

慢慢地,顾梅发觉每天上班的这段路是她最开心的时候,这也是她每天把自己打扮得漂漂亮亮的理由。她总是走到固定的一棵梧桐树下,看到四眼从转弯处出现了,再走过几棵梧桐树的距离,她就看清了四眼手中拿着什么书了,再走近,就能听到四眼手里的半导体在发着"あいうえお"的日文。但顾梅装出一副淑女的样子,目不斜视地看着远方,以矜持的态度走过了四眼的身边。

几乎每天是这样。直到那个下雪的冬天,事情有了变化,也搅乱了顾梅的一颗心。

## 三

那是一个早晨,上海罕见地下起了大雪,鹅毛一样的雪花铺天盖地。顾梅熬了一个通宵为自己织了一条红围巾,一双生满冻疮的小手在织围巾时裂开了几道血口子,但想到明天早上就能戴着围巾出现在四眼面前,顾梅的手也不疼了,以飞快的速度结好了围巾,一早就戴着围巾出门了。当走到固定的梧桐树下,顾梅又看到四眼从转角处出现了。这次他手里没有拿着书,也没有拿半导体。顾梅就在猜想是不是天太冷,男人戴手套有点娘娘腔,索性把双手抱在胸前也就有大男人腔调了。就在顾梅想入非非时,她看见四眼正迈着艰难的步子踉踉跄跄向着她的方向走来。下了一夜的雪已经积了厚厚的冰,路很难走,每走一步都要花很大的力气。顾梅看着四眼走路的样子,也就知道了自己走路的样子不会比他更好看。

想到这里,顾梅不由得笑出了声,好在她围了昨夜织出来的围巾遮着了自己的嘴和脖子，她笑得再大声四眼肯定是听不到的。就这样，顾梅和四眼匆匆地从雪地里走过了，却把两人的脚印留在雪地上，留下四只脚的雪窝，一双大，一双小。顾梅觉得四眼的脚好大，于是，就停下了脚步，把自己的脚放进了大的脚窝里。就在她想把脚伸出来时，却发觉已经走过自己身边的四眼又回到了自己的身边，正笑眯眯地看她。顾梅忙把脚从雪窝里伸出来，却神态紧张地控制不了身体，她摇晃着，嘴里叫着就"啪"的一声倒在了雪地里。

　　四眼忙把顾梅从雪地里扶起来，随手拍打着顾梅身上的雪花，碰到了顾梅的手，顾梅"啊呀"地叫了一声，那两只生满冻疮的手痛得顾梅嘴巴也要歪了，那股疼痛感如果是平时肯定要让顾梅跳起来的。但顾梅却忍着疼，忍着眼泪，忙一扭身，小辫子往后一甩，把红围巾围紧，就瞪着眼睛对四眼说："我们走各自的路，你都从我身边走过了，为什么要回过来吓我？"

　　四眼忙放开拍打顾梅身上雪花的手，并伸出左手去拉顾梅的右手，他知道自己碰疼了一个小姑娘的手，好像要弥补一点什么的样子。但顾梅把手躲到了身后，泪水却在眼眶里打转。四眼就把右手伸到了顾梅面前，顾梅就低下了头去看四眼手掌里的东西，这是一根鲜红的绒线，不到一寸长。顾梅一看到这根红绒线，脸就刷地红了起来。她不知道说什么好，但更多的是难为情。这些年来，顾梅一直在四眼面前装出一份矜持和傲慢，甚至从来不正眼瞧一下四眼，并每天以最美的形象打扮自己，可自己还是粗心了，把通宵结出的一条围巾上的一截短绒线落在了衣服上，还给四眼看到了。

　　可顾梅又觉得奇怪了，自己衣服背后的红绒线四眼是怎么发现的？难道是四眼在背后注意着自己？一想到这里，顾梅不由得倒抽了一口冷气，本能地用红围巾捂紧了自己的嘴。难道？顾梅的后背一根根汗毛都竖了起来，这些年，四眼一直在背后注意自己？于是，顾梅抬起眼去看四眼，四眼已经离开她的身边，走在茫茫的大雪中，他那高大的背影在满天飞舞的雪花中渐渐地消失了。

顾梅就这样站在雪地里，一直看着四眼的背影，她希望自己也能在四眼的背影里找出一点瑕疵，那她就有理由追上他，同时告诉四眼，这些年来，她每天以这段路程为最快乐的时光。可路的尽头已经没有了四眼的影子，她还是呆呆地站在雪地上，她不愿把刚刚发生的美好事情孤独地遗留在这里。于是，顾梅就捧着那根红绒线，站在雪地里很久很久。作为一个豆蔻年华的姑娘，她的心是很复杂的。有时候有个人注意她时，反而会引起她的反感，可有时候有人甚至就只是看她一眼，却会令她终生难忘。总之，那场雪中和四眼面对面交流之后，顾梅的心就像脱缰的野马，她希望有奇迹发生……

四

可从那天起，顾梅连续很多日子都没有再见四眼了。难道是自己错过了时间？也许是四眼有什么事情？于是，顾梅就早早出门，候在固定的梧桐树下，看着四眼从角落处转出来，然后走到几棵梧桐树下。就这样，顾梅等了很多天，还是不见四眼的人影。

顾梅的心里不由得泛起了牵挂，甚至埋怨自己为什么当时没有问他要个电话或是其他联系方式。顾梅想着，念着，就化成了行动，用了一个晚上的时间帮四眼织了一条围巾。这是一条黑色的围巾，偶尔还沾上了几滴鲜红的血，就是顾梅冻疮里渗出来的血。围巾织好了，顾梅把它放在自己那条红围巾边上，形成红黑配。她对那条黑围巾说：等下次见面了，我一定把围巾送给你。于是，顾梅每天围着红围巾，身上带着黑围巾，早早地来到这条铺满鹅卵石的小路上，等着四眼出现。

这年的冬天很冷，寒风凛冽。顾梅的小脸被冻得红一块紫一块，那双小手捧着围巾，心里却是暖乎乎的，她相信自己会等到四眼的。

转眼一个星期过去了，这是一个星期一的早晨，顾梅揣着那条黑色绒线围巾不停地在这条小路上徘徊，她希望能见到四眼，然后什么话也不用说就把围巾给他。她等呀等呀，眼看上班的时间到了，还是不见四眼。就在她十分失望时，突然发觉有个骑车的人从她身边迅速路过，他的样子和四眼很像，于是，顾梅就拼命地追了上去，可再仔细一看，不是四眼。这时候，顾梅为四眼担心起来了，多少年了，四眼从来没有和自己失约过，他总是会准时出现在梧桐树下，和自己擦肩而过。那现在，他是不是生病了？还是调离了工作？

就在顾梅想入非非时，就在她感到绝望时，她看见了一个熟悉的身影正向自己走来。天呐，那正是顾梅每天盼望着的四眼。他终于向顾梅走来了。当他走到她面前时，顾梅激动得眼泪都要流出来了，更让她激动的是四眼正朝着她微笑，他那张四方的脸还是那样白白净净，只是比过去消瘦了许多。他走到顾梅面前，犹豫了一下，欲停下脚步的样子，可他看了看顾梅就往前走去了。顾梅想叫住他，想把那条围巾送给他，可她却没有了勇气，只是望着他的背影，喉咙口好像被一样东西塞住了，发不出任何声音，只能眼睁睁地看着四眼走远。

顾梅看着四眼的背影，她希望他能回过头来看自己一眼，可四眼没有回头看她一眼。顿时，顾梅满心委屈起来，多少天了，自己就这样傻傻地等他，痴痴地想看他一眼，当他真的向自己走来时，就这样让他从自己身边消失了。顾梅想想也有点气，于是就在心里狠狠地对自己说："哼，有啥了不起，你只不过是帮我从衣服上取下了一根绒线呀，我好歹也是个大小姐呢，单位里追我的人多着呢，我才不会单相思呢。"想到这里，顾梅又笑了，但马上止住了笑声，四面张望了一下，提了提神，就把那条黑围巾系在了两个人碰面时的一棵梧桐树的树枝上。那条围巾在寒风里飘来飘去，显得有些孤单。顾梅就摘下了戴在自己脖子上的那条红围巾，把它系在了黑围巾边上，两条围巾在梧桐树上高高低低地飘着，就像两颗年轻人的心，谁也摸不准谁。

## 五

　　转眼，又是几年过去了，顾梅也准备去日本读书，她就报考了一所专门教日语的夜校。可她万万没有想到，教日语的老师就是四眼。同时也知道了四眼的姓和名，他叫陈思忠。

　　陈思忠一见顾梅就对她说："那两条围巾我一直保存着呢。"
　　"啊，现在想想这两条围巾也没什么意义了，你孩子多大了？"顾梅出于习惯问陈思忠道。
　　陈思忠却笑笑问顾梅："现在手还生冻疮吗？"
　　"不生了，早就不生了。"顾梅说着忙把双手放在了背后。

　　"准备什么时候去日本？"陈思忠问道。
　　"还不知道什么时候呢。"顾梅的语气里显然还有对四眼的成见。
　　"一个女孩子，最好别去日本。"陈思忠道。

"我已经不小了，我的同学都结婚了，只有我还嫁不出去。"顾梅嘟着小嘴说道。

"去日本就能嫁人了？"陈思忠看着顾梅，这时候上课的铃声响了。

"这你就管不住了。"顾梅还真是大小姐的脾气，冲着陈思忠抛下一句狠话就走进了教室。

这堂课让顾梅学会了あいうえお，也让她想起了很多年前，一个被她起了绰号的四眼手捧着半导体在学あいうえお，只是命运之神让他们永远擦肩而过了。

这天晚上放学后，陈思忠和顾梅并肩走着，他告诉顾梅，他曾经爱过她，但那时候他已经结婚了。所以，当他知道了顾梅也喜欢自己时，他曾痛苦了很长时间，也在顾梅和自己的妻子之间做过选择，但最后他被责任和良心主宰了，就再也不敢走这条路了。他怕自己会控制不住自己，这样，他会让两个女人一起伤心的。

顾梅听着，心如刀绞，但眼前却飘着那年漫天飞舞的雪花，那双生满了冻疮的血淋淋的手，还有梧桐树下那红与黑的两条围巾。终于，顾梅停下了脚步，她哭了，哭得很伤心，她一边哭，一边对陈思忠说道："那你也要把话跟我说明呀，害得我这些年来一直找不到对象。"

陈思忠听了，就伸出双手把顾梅搂在了怀里，他对她说："好好学日文吧，换个新的环境，新的生活会等着你的。"

一年后，顾梅讲着一口标准的日语踏上了东瀛之土，她开始了新的生活。但那雪中在梧桐树下飘扬的两条围巾，永远飘在了顾梅的心里头。她知道,人生有为爱而结合的终生幸福,也有为爱而分手的终生遗憾,但不管是幸福还是遗憾,对顾梅来说,她的这份真情却是真的,是她曾经拥有过的最美好的情感。

## 陆

### 天边有朵火烧的云

一

　　白云是老三届知青，她在1968年8月就赴黑龙江大西江农场去了，这比当年毛主席发表"知识青年到农村去……"的号召还要早几个月，相比之下，她就是先进的知识青年，被农场安排在一个连队做宣传工作。

　　可白云心里知道，因为父亲的原因，她已经被学校定为黑五类分子的子女，前途渺茫。与其被别人摆布，不如自己选择出路，白云就报名来到了这个连队。初到农场，白云的身上还弥漫着一股青春的朝气，从上海带去的那腔热血还没有散尽，浑身上下有使不完的劲。况且，她去黑龙江时还带去了很多上海特产，有牛奶饼干、杏元饼干、花生牛轧糖，还有一罐金鸡牌什锦饼干。艰苦的农场生活和北国的寒冷一度让她不堪忍受，那些美食也渐渐吃光，她不断被饥饿裹挟前行。想到上海那么多好吃的东西，却再也吃不到了，还有望不到头的知青特色艰苦生活，白云身上的热血渐渐地冷却了。

　　农场生活的新鲜劲渐渐褪去，青春的浪漫却在心里慢慢滋生。一转眼，白云在农场生活六年了，也就是说，她十七岁来到农场，现在已经二十三岁了。二十三岁是个多梦的年龄，也是渴望被爱的年龄。可白云不知道自己能去爱谁，也没感觉到身边有谁会来爱自己。因为，从上海来农场的知青个个自身难保，都在削尖着脑袋想回上海。但回上海是件比登天还难的事，于是，大家就想去上工农兵大学，或是抽调到哈尔滨去工作。

但白云的骨子里有一股文艺的清风，她喜欢看书，希望自己能成为一个记者，就是写写农场生活的报道对她来说也是一种快乐。那天，白云躲在大田的草垛里，偷看从上海带来的《查泰莱夫人的情人》一书，当看到康丝坦丝和帕尔金俩人干柴烈火般深情相爱时，她一颗心不由得跳动起来，眼睛也模糊了。于是，她就合上书本，把头枕在书上，闭着眼睛重温着康丝坦丝和帕尔金的爱情。

此时，白云多么渴望自己的身边也有个像帕尔金一样健壮的男知青，用他湿润的嘴唇来亲吻自己的眼睛……就在她想入非非时，突然听到连队的广播响了起来，粗犷浑厚，充满磁性，那声音穿过空旷的北国原野，久久地回荡在田野上。白云抬起头仰望着天空，天边有朵火烧的云，那云很大，正风驰电掣地向她扑来。她突然有一种冲动，于是就从草垛里站了起来，张开双臂，对着云彩说："来吧，把我紧紧地压在下面。我不是在云彩中永生，就是在云彩中死亡。"

白云知道，自己渴望爱情了。

那个磁性男中音的声音还在继续，他在朗诵毛主席新发表的语录。可白云没听明白具体内容，只有那磁性的声音不停地在她耳边回响。

于是，白云就沿着声音来到广播室。她猛地把门推开，只见宣传室里坐着自己的农友小金，他正对着话筒在念毛主席语录。

这个声音是小金的？白云简直不敢相信小金会有这样好听的声音。

## 二

小金是南京来的知青，高中毕业后响应毛主席的号召来农村接受贫下中农再教育。小金在连队算是个高级知识分子，不但能写一手漂亮的粉笔字和好文章，还有一口标准的普通话。于是，连队的广播都由他来宣传。

其实，白云和小金每天坐在一个宣传室里，也听他念过很多发言稿，今天在田野上却是第一次发觉他声音的浑厚，不由得撩起了她心中萌发的青春。但出于女孩子的羞涩，白云什么话也不说，就一屁股坐在了自己的办公桌前。

小金感觉到白云坐在自己身边，他就回头看了看白云继续念着，还随手给白云递过去一杯温开水。白云接过杯子一口气把水喝完了，随手把手中的书往桌子上一抛，就拿起热水瓶想去倒水。就在这时，宣传部的门打开了，连队指导员走了进来，他看见白云拿着热水瓶就说："我马上就走，你就不用倒水了。"

这个指导员是个残疾人，是从四川来的知青。那年发大水，他跳进冰冷的河水里抢险，导致双脚残疾。当时农场总部授予他学习毛主席语录积极分子，后来就调到白云的连队做了指导员。

指导员走到了白云的桌子前，坐下来随手翻着桌子上的文件。

当白云把茶杯端到指导员面前时，她突然冒了一身虚汗，天呐，那本《查泰莱夫人的情人》刚才被自己随手扔在桌子上了。如果被指导员发现了，那后果不堪设想……已经没有如果了。白云忙向桌子上看，奇怪的事情发生了，那本书不见了。

白云扭头去看小金，他仍认真地对着话筒在念毛主席语录，仿佛什么也不知道的样子。

指导员检查了一下工作就走了。

白云的心也放进了肚子里。白云知道这本书肯定是被小金藏好了。

小金广播结束了，他刚关掉麦克风，白云马上为他递上杯茶水，用感激的眼神望着他。可他好像什么也不知道，就走出了广播室。

白云却心神不宁起来，她怕他去告密，说白云在偷看黄色毒草小说，那后果就更不堪设想了。于是，白云每天察言观色，想着法子去讨好小金，希望从他口中听到关于这本书的命运，这本书的命运就是白云的命运。

这样过了一个星期，一个午后，小金约白云去大田里碰面。

白云怀着忐忑不安的心情悄悄来到小金指定的地方。小金已经在那里等白云了，他一见白云就从怀里拿出了《查泰莱夫人的情人》一书，这本书已经变了样，外面是用毛主席语录的红封面套着。他对白云说："你真粗心，也大胆，这样的书也敢在农场里看？"

"这是我春节时从上海带回来的。"白云讷讷地说着。

"那天，你风风火火地冲进广播室，随手把书往桌子上一扔。幸亏我发现得早，就随手放进了抽屉里。"小金说。

"真的谢谢你，没有你，我就倒霉了。"白云说。

"谢什么呀？我们都是天涯沦落人。再说我们都是知青，我不帮你谁帮你呢。"小金说。

白云一听眼泪不由得流了出来，多亲切的话呀，就如自己的亲人在对自己说。此时，白云抬头仰望天空，天际挂着一朵火烧的云，只是今天的云非常漂亮，就如在上海看到的云一样。于是，白云就张开双臂对着天空叫道："云彩啊，你什么时候能带我回到上海，回到生我养我的地方啊。"

白云叫着，她的眼泪刷地流了出来。上海啊，这个美丽的城市在当时知青的心里就如神圣的天堂，是他们夜夜梦回、天天想念的地方。就在白云哭得伤心的时候，小金却轻轻地哼起了那首在知青里偷偷传唱的《南京知青之歌》：

蓝蓝的天上，白云在飞翔，美丽的扬子江畔是我可爱的南京古城，我的家乡。

啊，彩虹般的大桥，直上云霄，横断了长江，雄伟的钟山脚下是我可爱的家乡。

小金的声音在辽阔的田野里发出沉闷的回响，白云跟着他的旋律也唱了起来：

告别了妈妈，再见吧家乡，金色的学生时代已转入了青春史册，一去不复返。

啊，未来的道路多么艰难，曲折又漫长，生活的脚印深浅在偏僻的异乡。

白云不由得和小金手搀着手、肩并着肩继续着他们的男女声小合唱：

　　　　跟着太阳出，伴着月亮归，沉重地修理地球是光荣神圣的天职，我的命运。

　　　　啊，用我们的双手绣红了地球，绣红了宇宙，幸福的明天，相信吧一定会到来。

　　当他们一起唱到：

　　　　啊，心中的人儿告别去远方，离开了家乡，爱情的星辰永远放射光芒……

　　唱着唱着，白云和小金泪流满面，唱到最后一句时，他们忘记了周围的一切，紧紧地拥抱在了一起。

　　是的，他们同是天涯沦落人，一个是从南京来的知青，一个是从上海来的知青，相逢何必曾相识。

　　白云和小金一起躺在金色的麦垛里，继续轻轻哼着《南京知青之歌》，头顶上是红得让人心醉的晚霞。在这样诗一般的气氛中，那本《查泰莱夫人的情人》静静地夹在白云和小金中间，他们的手紧紧地握在一起。

　　白云望着天边那火烧的云，它正慢慢地向自己飘来，白云的耳边响起了那个熟悉的磁性男中音，它穿过云彩在天空中回荡。白云想起了那天下午，一个女孩捧着《查泰莱夫人的情人》躺在田野里，幻想着甜蜜的爱情,此时,这一切不正真实地发生在白云身边吗?

当白云扭头去看身边的小金时,他正睁大着眼睛看着白云,白云也看着他,他们这样相视了几秒后就不顾一切地热烈拥抱在一起了。

三

夏天的北国田野,粗犷而俊丽,他们沉浸在甜蜜的爱情里,说起了康丝坦丝和帕尔金。小金说白云是上海的小资,白云说他有帕尔金的野蛮……

刚开始,他们俩是偷偷地爱。宣传室就白云他们俩人时,他们就亲嘴,拥抱在一起。有人时,他们就像什么也没发生过。

傍晚,白云和小金就躲在草垛里看天边的云,听小金朗诵世界名诗,包括念普希金的诗:

假如生活欺骗了你,朋友别悲伤……

有时候,连队开会,他们俩就坐在前后排。小金跑进跑出,白云就跟在他身后。而最多的时候,小金就陪白云看天边的云彩,谈论《简爱》和《悲惨世界》。

本来,白云一直认为自己很有文学细胞,没有想到小金的文学水平比自己高很多,白云被他的渊博深深吸引了,更主要的是他们的爱情也越来越深。

很快，白云和小金的恋情被连部知道了。为了工作，白云被调离了宣传部，下放到一个排做了副排长。小金因为有一副好嗓音，继续留在宣传室朗诵革命文章。

很快，白云听到知青中的各种议论，特别是上海来的知青，他们认为白云怎么会去找个江苏人谈恋爱呢？用当时上海人的观念来说，南京等于是半个苏北人，而苏北人在他们的圈子里是受到排斥的。但白云不顾一切地爱着小金。

广播里每天都有小金那磁性的男中音，白云在田野里劳动着。每当田野里响起那磁性的男中音，白云就会抬起头望着天边的云彩。天空是多么辽阔，小金的声音穿过云层留在了白云的心里，化成了白云的全部力量。

很快，白云和小金的爱情从地下转化为地上爱情了，他们十分公开，也不再偷偷摸摸地去草垛里看云彩了。只要田野里响起小金的声音，白云就会骄傲地抬起头，看着天边的云彩，轻轻地自言自语："我爱你。"

那天，白云接到场部的通知，说是上海来了一份调令单。她的爸爸平反了，恢复了原来的工作，组织上考虑到白云是家里的独生女，就批准她回上海。

白云拿到这份调令单时，激动地跳了起来。回上海，那是梦里想了千百回的事，现在，自己的梦想成真，真的要谢天谢地了。白云拿着调令单去广播室找小金，她告诉他，我要回上海了。

这天晚上，白云和小金坐在高高的麦堆上，望着天上的星星，白云依偎在小金的怀里。小金仍轻轻地哼着《南京知青之歌》，但白云发觉他的声音有点低哑。她知道，小金是舍不得自己走的。

但白云还是走了，她走的那天，田野上仍回荡着小金浑厚的声音，他在朗诵作家浩然的诗："是金子一定会闪光，闪光的不一定是金子……"

他的声音如天边的云彩伴着白云走了一程又一程，白云知道，他在暗示自己：我是金子，希望白云珍惜。

### 四

白云走了，她回到了上海。但白云的心仍留在小金身边，她每星期给小金写信，还给小金寄很多好吃的，她希望通过自己对小金的殷勤，让小金明白自己的心。白云虽然回上海了，但心里仍然爱着小金。

她告诉小金，上海的天空也有火烧一样的云，但没有那个充满磁性的男中音，她希望在过年时，小金来上海，那么，她就会嫁给他。她不介意夫妻两地，她只想做小金的妻子。

可白云有一种不祥的感觉，她发觉小金的来信越来越少了，她给小金写信时的那份激情也越来越淡薄了，渐渐地，他们就不通信了，慢慢地，白云也要把小金给忘了。

就这样一晃儿年过去了，很多人都要给白云介绍男朋友，白云也去相过几次亲，可她觉得自己的心里仍然藏着小金，每次相亲时，她都会把对方和小金比。白云过了三十岁还没有出嫁。她也为自己的行为感到好笑，也几次安慰自己，凭小金的那份优秀，肯定有姑娘会嫁给他的。

转眼，知青都可以回到自己的出生地了，当年一起去农场的知青们一回到上海就来找白云，相互倾诉着回到上海的那份喜悦。这时，白云又想到了小金，于是就问他们：小金回到南京了吗？

人家没有回答白云，这让白云心里多了份牵挂。于是，在白云的追问下，她知道了一个悲惨的故事。小金在一场大火中受伤，整个脸部被烧得面目全非。他不愿见人，只是整天待在广播室里，而每天的广播也成了他精神上的依靠。

白云听了，许久没有说出话来，只有两行热泪沿着她的面庞哗哗地流着。第二天，白云就登上了北上的列车，风尘仆仆地回到了当年的连队。

当她走在熟悉的田野里时，天边飘过了几朵火烧一样的云，那云就如江海翻滚的巨浪一排排地向她飘来。这时，她的耳边响起了一个厚重的声音，那声音在空旷的田野里悠悠地飘着，飘进了白云的耳朵里：今天晚上有暴风，望各家各户做好防护准备。

白云听出了这个声音，这是小金的声音。虽然这个声音已经失去了原有的磁性，但白云还是听出来了，那字正腔圆的普通话里仍留有小金年轻时的气息。于是，白云不顾一切地向广播室奔去，她一边奔跑，一边叫着："小金……"

白云推开门，看见了一个面目全非的人站在自己面前，眼睛充满血丝，眼神惊慌，他慢慢地把身子往一边挪了挪。白云知道，站在自己面前的就是小金，她不顾一切地扑向小金，紧紧地抱着他。她哭着说道："你为什么不告诉我？你早点告诉我，我就来接你回上海治病。你也知道，上海有最好的烧伤科，医生们肯定能治好你的病。"

小金却把白云从自己身边推开，随手从桌子上拿过一只大大的口罩戴在了脸上，只露出一双充满血丝的眼睛看着白云。他眨了眨眼，那双大大的眼睛里流出了眼泪。

终于，在白云的真情表露下，小金答应白云一起回上海，去一家医院治疗。不久，小金在上海的医院里对脸部进行了皮肤移植，经过整容后的小金恢复了对生活的信心，并办理了知青回南京的手续，离开黑龙江回到了南京。

此后，每年到了栖霞山上枫叶红了的时候，白云就会去南京看望小金。而小金也会在每年春节来上海和白云团圆。相聚时，他们喜欢手搀着手一起走在路上、山上，看天边火烧的云，他们就会想起黑龙江田野里的火烧云，它见证了他们的青春，见证了他们的特殊岁月，也见证了他们的爱情。无论人生有多少苦难，唯有爱情就如天边的火烧云，给苦难的生活带来希望和幸福。

柒

有个姑娘叫小翠

## 一

小翠的少女时代是在海边度过的,从小她就感受着大海的深邃和美丽,她喜欢海边的生活,喜欢听海潮拍着沙滩的声音,她以为自己会永远生活在这里。

人生终究无法预期。二十岁时,她遇到了浩然,于是,她下定决心,自己一定要去上海。

那时候的上海,就如人间天堂,那里生产"上海牌手表""大白兔奶糖""凤凰女式自行车""奶油蛋糕"等,还有很多漂亮的衣服和电影院。而这些美好的东西都是从浩然那里听来的。是浩然告诉小翠,去上海吧,那里不但有优越的物质条件,还有很多好学校,进了任何一个学校,都可以改变人生。

小翠认真地听着,就像在听童话故事,也对眼前的浩然莫名其妙地崇拜了起来。如果这些童话都是真的,那浩然就是童话里的白马王子,他穿着白色的海军制服在海滩上和她讲着童话,为她描绘了一个神奇的地方——上海。可小翠心里有点胆怯,自己一个渔家女儿,凭什么能力去上海呢?

但聪明的小翠已经找到了去上海的理由,那就是她爱上了浩然。可小翠也明白,自己没有文化,也没有资本去追求浩然。唯一能为浩然做的,就是岛上的每月拥军日时,她去营地为战士们剃头。她为浩然剃头时,跟着浩然学了几句上海话:"侬今朝开心哦?""我帮侬剃的发型侬欢喜哦?"

每当小翠伸着硬硬的舌头说这些话时,浩然就笑了,他笑的时候那双会说话的眼睛紧紧地看着小翠,对她说:"你真可爱。"

小翠就问浩然这句话上海话怎么说?浩然就说:"侬老好白相的。"

小翠听了脸上就飞过了一朵红云,心花怒放。小翠知道浩然也喜欢自己。但她深深地明白,浩然还在当兵,是不可以谈恋爱的,但等到可以谈恋爱了,浩然也就退伍回上海了。到那时候,自己就再也看不到他了。

于是,小翠毅然决定去上海,她要凭着自己的手艺在上海站稳脚跟,等浩然退伍后,她要嫁给他。

当这个决定出现在小翠的脑海里时,她顿时被自己这个大胆的决定吓了一跳,心也加剧了跳动。但这只是一刹那的反应,过后,出现在小翠脑海里的却是一片无边灿烂的前景:在上海的南京路上,在外滩,在淮海路上,有一个姑娘和浩然手挽着手一起沿着上海的马路走着,这个姑娘就是自己。想到这里,小翠再也掩藏不住心中的喜悦,飞快地来到浩然的营地,她告诉浩然:"我要去上海了。"

浩然听了,就睁大着眼睛微微一笑道:"在上海你举目无亲,我给你一个地址,到了上海就去找我的父母,他们会照顾你的。"

小翠一听,顿时脸上笑得如花一样。

## 二

不久，小翠带着浩然的信来到了上海。她一下轮船就远远地听到有人在叫她的名字，她循着声音找去，看到一个中年男子站在码头上向自己走来，他那张似曾相识的面孔让小翠的心扑扑地跳了起来，那中年男子的边上是一位慈祥的妇女，那声音就是她在叫着自己。小翠就对着这对夫妇叫了一声伯父伯母，这对夫妇就是浩然的父母亲。

刚到上海，所有的一切对小翠来说都是新鲜的，但她明白，自己不是来走亲戚的，也不是来找浩然家做依靠的，她得有自己的事业，她需要赚钱养活自己。于是，她就马不停蹄想找个门面，她要开个理发店。可没有人家肯借给她，说她年龄小小的，站在理发椅子前个子都够不到理发人的背。结果还是浩然的母亲出面，在一条弄堂口的铁皮房子里放下了两只椅子和一面镜子。并在铁皮的门上用红色的油漆写上了"小翠理发店"。

小翠理发店开张的那一天，放了炮仗，那红红的炮仗在半空里开花，落下红色的纸花。那些纸花落在了小翠的头上，飘过她那张红红的脸蛋。小翠笑着，她的笑脸就如一个红苹果，她就像这红色花瓣中的美丽新娘。她请人拍了一张照片，照片印了七吋大，还是彩色的。她把照片寄给了浩然，她要告诉浩然，自己在上海开始了营生，并相信她不但能养活自己，还能孝敬浩然的父母。她在信的结尾处用一个少女的深情对浩然说：我等你回到上海来，我想你。

浩然站在海边，捧着小翠寄来的照片。海风轻轻地吹着，海浪悠悠地从他的脚边一层层地卷过，他的心如海浪一样翻滚。他接到了新的任务，要参加潜水艇的试航。但这是一个高级军事秘密行动，要严格保密。浩然是个军人，军人以服从命令为天职，在女人和军令之间，他要以军人的标准要求自己。于是，浩然从衣袋里取出了一枚报废的子弹壳在海滩上写道：我爱你。

那三个字非常醒目，深深地刻在潮湿的沙滩上。海浪一层层地卷过，泛起白色的泡沫，那泡沫渐渐地把那三个字吞噬了。浩然就看着这三个字慢慢地被浪花卷走，他的心仿佛随着海水流向了远方，向着东方流去，流到了上海，流到了小翠的心里。

不久，小翠收到了浩然的来信。这是个航空信封，白色的信封边沿印着蓝色和红色的细长条形，就像一条长长的彩旗在天空中飞舞。

当时的小翠正在为客人剪头发，突然她听到店门口传来一声清脆的自行车铃声，一个她等待很久的声音响了起来：小翠，你的信。小翠知道这信肯定是浩然来的。她就捧着浩然的来信，那份喜悦滋生在她心头，她已经没有心思为人剪头发了，但又不敢怠慢了客人。于是，她就耐着心把手里的活干完。可她的心就是"怦怦"地跳，她想把那封信拆开来看。她想和别人一起来分享这份快乐，但又怕被谁发现这份秘密。

好不容易将客人的头发剪好了，把客人送到了门口后她就赶忙把信拆了开来。当她把信打开时，一枚沉甸甸的小东西从信封里滑了出来，滑到了她的手心里。小翠就低下了头去看这枚东西，这是一枚泛着黄铜色的子弹壳，静静地躺在小翠的手心里。小翠的眼泪流了出来，她熟悉这枚子弹壳，她在军营里，在浩然的宿舍里，看见过这枚子弹壳。那时候的子弹壳里插着一枝从山里采来的野花，有时候是红的，有时候是黄的。那明艳的一朵朵小花为严肃的军营生活增添了几分生机，也给小翠留下了深刻的印象。她从浩然身上发现了一个上海男人的优点：细腻，耐心，热爱生活。

现在，这枚子弹壳到了小翠的手里了，她仿佛触摸到了浩然身上散发出来的气息，于是就把子弹壳紧紧地放在心口上，她相信浩然也深深爱着自己。

弄堂口每天人来人往，"小翠理发店"的生意也越来越好。刚开始，小翠只是给大家剪剪头发，洗洗头。后来，她的业务就多了起来，开始给爱美的女士烫起了头发。那些烫头发的人就对小翠说你一样在做头发了，不如再增加个美容业务。小翠一听就觉得有道理，于是，她就去了所夜校学习美容技术，顺便把自己的高中文凭也补了出来。

## 三

不久，小翠在浩然父母的帮助下，把弄堂口的那家理发店扩大为"小翠美容美发店"，这才发现当年浩然对自己说过的话全部是对的。可她的心却是空荡荡的，她想到自己从一个渔家女儿成为一个上海滩上的小企业家时，更渴望着一份爱。她希望浩然能早早复员回来，和她组成一个家庭。如果浩然愿意，那么他们就守着这个门面，凭自己的手艺足够承担起一家人的生活。于是，小翠努力地工作，还从自己的老家招了一个学徒，并抽出时间去看望浩然父母。

那天，小翠兴冲冲地来到浩然家。只见一位年轻貌美的姑娘坐在客厅里正和浩然的母亲说着话，她穿着粉红色的的确凉短袖衣服，丰满的胸部随着她的笑声微微颤抖着。她看见小翠就提高了笑声说道："你就是老板娘，厉害呀。小小年纪就有这么大的魄力来上海做生意了。"

随着浩然母亲介绍，小翠才知道这位姑娘是浩然的同班同学，小名叫阿云。她也从浩然母亲的口气里听出了对阿云的某种认可，更是从阿云那自如的笑声中，猜出了她的角色，她也喜欢浩然。

从浩然家回来的路上，小翠的心情很沮丧，她眼前一直是那个阿云活泼的影子和她那爽朗的笑声。小翠知道，自己是一个渔家女儿，是个乡下女孩，无论哪方面，自己是竞争不过阿云的。但小翠不甘心，因为她真的爱浩然，她也相信浩然是爱自己的。于是，小翠决定要和阿云竞争。为了提高自己各方面的修养，小翠决定每天晚上去夜校补习文化课，她要用自己的实力向浩然证明，自己是如此地爱着他。

那天晚上，小翠做了一个梦，梦中她回到了海边，浩然和她一起走在海滩上，他们迎着海风一起唱着舰歌："海风吹号笛响，威武雄壮的海鹰驰骋在祖国万里海疆……"突然，小翠猛地从梦里醒来，她双手捂着胸口，紧闭着双眼，心跳得如万马奔腾。她梦见浩然上了一艘军舰，那军舰如闪电一样向大海驶去，突然一个巨浪向军舰扑来……小翠就被惊醒了。俗话说日有所思，夜有所梦。小翠安慰自己，是自己太想念浩然了。于是，她就披衣而起，拉亮电灯，坐在桌子前给浩然写起了信，她告诉浩然，自己已经报考了夜校，她要在这些日子里争取考出好成绩，拿到一张大专文凭，她要做个上海女人。

信寄出去了，小翠就等浩然的回信。可是等呀等呀，一直没有浩然的来信。于是，小翠就去浩然家，她想从浩然的父母口中得到一些有关浩然的消息。可每次去，总是碰到阿云，阿云总是在陪着浩然的母亲聊天，她们用纯正的上海话说着家长里短的事情。小翠虽然到上海也有些年头了，在和顾客接触中也能听懂几句上海话了，但对阿云那种快速的语句，小翠只能听懂一点点。从阿云的神态上看，她就像浩然家未来的儿媳妇，而小翠就是一个外来妹，被冷落在一边。

小翠觉得十分委屈，又不便开口问浩然有没有给家里来信，否则就是表明自己也被浩然冷落了。于是，小翠就在心里对自己发誓，在没有收到浩然的信之前再也不去浩然家了。她回到自己的美容美发店，白天努力工作，晚上就在灯下学习文化。同时她还是不停地给浩然写信，她对自己说：你浩然就是和阿云好上了，也该回我的信，告诉我是怎么回事呀。

等待的日子是很漫长的，其间，小翠发觉自己口袋里的钱不知不觉多了起来，店里的生意也越来越红火，她的手艺在附近也出了名。但她并没有感到快乐，相反，随着财富的积累，她的心却空了起来。她甚至怀疑起自己对浩然的那份痴心值得吗？怀疑起浩然真的和阿云好上了。

浩然的母亲每次来看小翠时总是会把头发剪一剪，这一次她坐在理发椅子上，看着镜子里的小翠问道：“浩然给你信了吗？”

小翠听了，停下了手中的剪子，她也望着镜子里的人影说道："浩然也没有给家里来信？"她说的时候，眼睛里满是不安。

"我们已经去了好几封信了，一直没有收到他的回信。"浩然的母亲轻轻地说道。

"我也好久没有收到他的信了。"小翠手中的剪子又悄悄地剪了起来,四周一片寂静,两个人谁也没有说话,只有轻微的呼吸声和嚓嚓剪头发的剪子声。

头发剪好了,浩然的母亲用手摸了摸新剪的头发,夸小翠的手艺越来越好了。当浩然的母亲准备离开时,小翠就对她说道:"我明天准备回海岛去。"

"是去看浩然?"浩然的母亲问了一句,脸上露出一丝赞许的神情。

"我来上海已经这么久了,我也想我的家人了。"小翠说着,低下了头,声音微微在颤抖。

"也是,做父母的都想着自己的孩子。如果方便,麻烦你去看看浩然。"浩然的母亲伸出了手,紧紧握着小翠的手。她是一位母亲,她在握着小翠的手时,心都要碎了,她看起来十分不安,她牵挂着自己的儿子。

## 四

小翠回到了海岛。海的气息迎面而来,那一层层的浪花犹如美丽的云朵在她的脚下盛开。她就沿着海滩走着,她希望浩然能出现在自己身边,唱起那首雄壮的舰歌:"海风吹号笛响,威武雄壮的海鹰驰骋在祖国万里海疆……"

就在她想念着浩然时,她看见了一列整齐的队伍,唱着嘹亮的军歌雄赳赳地向着海边走来。小翠立马兴奋起来，她沿着沙滩奔跑起来，向着那个方向奔去，她希望在队伍中能看到浩然。

她奔到了队伍前面，停下了脚步，睁大着眼睛看着这支威武的队伍从自己身边走过，她没有看到浩然。于是，她就在海边等，她相信自己一定能等到浩然。小翠的心不停地跳着，好像这颗心随时会从嗓子里跳出来。

一个夕阳西下的傍晚，小翠在海边遇到了浩然的一个战友，那位战友告诉小翠，浩然离开军营已经很久了，他在执行一个重要的任务。小翠听了，一颗不安的心才放进了肚子里，她知道，军人有严格的纪律，她相信浩然是一个好军人。

小翠又回到了上海，她告诉浩然的家人，浩然在执行一项军事任务，只要任务完成了，他也该回上海了。

日子在静静地流淌，小翠的美容美发店生意越来越好，但她对浩然的思念越来越深。等待的日子是十分难熬的，更何况小翠心中还有一个阴影，那个阴影就是阿云，浩然的女同学，但小翠没有对自己失去信心，她相信自己爱浩然的那份情肯定比任何人都深。思念总是让人缠绵，也让人产生无限的向往，小翠终于等到了那一天，浩然回来了。

那是一个阴雨绵绵的下午，是上海的黄梅雨季。湿潮的空气把整条弄堂里都搞得霉格格的，小翠店里的那块镜子都被一层雾气笼罩着。隔着这层雾气，小翠看见了一个模糊的人影出现在镜子里，他站着，一动也不动。小翠定了定神仔细看了看镜子，却没有一个人。她向门外望去，门外也没有人。她就站在店门口望着长长的弄堂，雨在淅淅沥沥地下，风在悠悠地吹，小翠的眼睛潮湿了，她有一丝不祥的预兆，但她不敢去想。就在她忐忑不安时，突然，在风雨中，有一个人坐在轮椅上向她迅速地驶来，那个人的影子在雨中越来越清晰。小翠就向这个人奔去，她冲进雨中，她叫着那个在她心里已经呼唤过千万遍的名字——浩然。

浩然看见了小翠，他停下前进的轮椅，努力地想从轮椅上站起来，但他只能坐着，向小翠微笑着。

小翠奔到了浩然的面前，她双膝跪在浩然面前，捧起浩然的双手，把自己的脸庞放进了那双大大的手掌里，流下了两行热泪，她对浩然说：我愿意嫁给你。

雨下大了，淋湿了这对相爱的人，这对恋人终于相逢在上海了。从此，小翠的美容美发店里多了一个坐轮椅的人，清晨，小翠推着轮椅迎着太阳来到店里，晚上，小翠推着轮椅伴着月光走回弄堂，轮子发出清脆的声响，仿佛在朝着家的方向碾碎一地的银光。

捌

佩佩和伟伟

一

佩佩是在弄堂里长大的，靠近嘉兴路的一座桥，路边是一排排梧桐树。每年秋天，梧桐树叶随风飘落，嘉兴路满地金黄。佩佩喜欢看叶子飘舞时的样子，喜欢看14路电车上的两根小辫子粘着落叶驶上桥头，就像佩佩梳着长发，系着两根蝴蝶结，每天在桥边玩耍。她就在这条路上成长着。

佩佩钟爱秋天，喜欢看那落叶在风中婆娑的样子，更爱那随风飘去的岁月。但真正爱上秋天，始于那年她发觉自己爱上了伟伟。

伟伟和佩佩是同学，又是一条弄堂里一起长大的小伙伴。从佩佩懂事起，两人就形影相随。他们手拉手到学校报名读书，胸前戴上了学校发给他们的蜡光纸剪成的红苹果，红苹果上写着名字和班级，他们一前一后奔跑在回家的路上，这时，佩佩胸前的红苹果不见了，她就蹲在地上哭了起来，伟伟就从自己胸前摘下了红苹果给佩佩戴上。她看着伟伟红红的脸蛋，对他说："我要真的苹果。"伟伟听了，就飞快地跑回家，拿上自己的零花钱拉着佩佩的手走到嘉兴路吴淞路口的一家水果店，为佩佩买了一只国光苹果。

佩佩咬了一口，把苹果递给了伟伟，伟伟就轻轻地在苹果上咬了一小口。佩佩问伟伟苹果甜吗？伟伟说甜的，他让佩佩快点吃掉。可佩佩舍不得吃，转身走到水果店让店里的叔叔把苹果一切为二，她把半个苹果给了伟伟。

上学了，伟伟就坐在佩佩后面，他把佩佩的两根小辫子绑在椅子扶手上，不断地用手指戳着佩佩的背，佩佩就偷偷地笑。放学了，伟伟就帮佩佩背书包，一起沿着嘉兴路一蹦一跳地回家。秋天了，高高的梧桐树上飘下一片片杏黄色的树叶，伟伟就把树叶从地上捡起来，他把已经泛黄的叶面撕去，只留下坚硬的叶柄，教佩佩用这些叶柄来斗个胜负。谁手中的叶柄先断了，那就是谁输了，输者就要被赢者刮鼻子。结果，佩佩的鼻子老是被伟伟刮。虽然被刮鼻子，但佩佩心里还是很温暖的，因为他下手不重，轻轻地，似乎饱含深情。

第二年，他们上二年级了，伟伟就带着佩佩去听那竖在嘉兴路上的电线杆子里发出来的声音。他们把耳朵贴在铁的电线杆上，伟伟敲一下，佩佩就能听到轰鸣声，他一声两声地敲着，慢慢地，就像有一首歌从他的手指间流淌出来，通过那电线杆传到了佩佩的耳朵里，接着传进他的心里。

又过了一年，他们上三年级了。伟伟就带着佩佩站在桥上看14路电车向着东嘉兴路方向转弯，他告诉佩佩，电车身上有两只黄灯，如果左边亮了就说明车子是要左转，如果是右边亮了，车子是要右转。

佩佩双手抓住桥的上栏杆，一只脚踩着桥的下栏杆不停地晃动着身子，她用不屑的眼神瞟了一眼伟伟，鼻子一哼道：就你什么都懂。伟伟一听就笑了起来，他也用脚踢着桥栏杆，让栏杆发出清脆的声音……

二

青梅竹马的岁月就这样走过，走过了无忧无虑的小学时代，走过了情窦初开的中学时代。直到那一天，当佩佩从伟伟身边走过时，她低着头看见他穿着一双松紧鞋，由一道白边镶衬着乌黑鞋面，把地上的落叶踩得窸窣作响，她突然发现，自己已经深深爱上了他。

她没有兴奋，而是一种羞涩，觉得自己要和伟伟保持距离，而这段距离之间是一份妒忌，让一向高傲的佩佩在想要占有他时却永远失去了他。

那是一个金色的深秋，佩佩和伟伟都毕业了。他们那个年代没有高考，也没有了前几届的上山下乡，是学校统一分配。伟伟是家中的独子，字又写得漂亮，老师就帮他推荐到一所郊外的美术学校继续读书。而佩佩因为上面几个哥哥姐姐都去了外地，她就理所当然地进了当地一家国营单位工作。

佩佩拿着单位入职通知书兴高采烈地跑到伟伟家，伟伟的母亲说他不在，去找另外一个女同学了。佩佩一听那个女同学的名字，失落感油然而生，这位女同学和伟伟一样都被推荐到那个美术学校去读书。佩佩是个女孩子，有着女孩子独有的敏感和直觉，她认为伟伟喜欢上了这位女同学。这些年来，她把伟伟当作自己最好的朋友，也相信自己是伟伟最好的朋友。于是，佩佩就一口气跑到了那位女同学家，在她家楼下一直等着伟伟出来。等待的时间是漫长的，时间一分一秒地过去，伟伟没有出来，出来的却是那位女同学。佩佩带着一份妒忌拦着了女同学的路，问她伟伟在哪。

女同学被佩佩的举动搞得丈二和尚摸不着头脑，就说道："你凭什么来问我？他是你谁呀？"

佩佩一听就回答道："他是我男朋友。"

女同学一听，就用手指刮着自己的脸对佩佩说道："还真不怕羞的，居然说伟伟是自己的男朋友。"

佩佩和女同学吵了起来。就在她们俩吵得不可开交时，伟伟来了。他是听到别人的传话，说佩佩为了他在和别人吵架。其实伟伟是去外面买东西了，伟伟的母亲误认为他是在为新的学校生活准备生活用品，也就理所当然地把伟伟和那位女同学联想在一起了。

伟伟已经长成一个含蓄和腼腆的少年了。小时候伟伟对佩佩好，是因为彼此心思单纯，无忧无愁；但长大了，心也就大了，他发觉佩佩自私孤傲，只要他和别的女同学多说一句话，佩佩就会对他发脾气，对别的女同学不理不睬。伟伟喜欢以前的佩佩，不喜欢她现在的心态。现在，他看到佩佩又在和别的女同学吵架了。他没有和佩佩打招呼，一个人扭头就走了。

佩佩见伟伟不理自己独自走开了，就跟在伟伟身后走着。走着，走着，就走到了嘉兴路上。此时，夕阳西下，灿烂的阳光洒在路上，投在了随风起舞的树叶上。一棵梧桐树下，伟伟一个人默默地伫立着，片刻，他随手从地上拾起一片叶子，一丝丝地撕开。佩佩轻轻地走到他后面，叫着他的名字，可他没有回头，只是淡淡地说：你为什么要这样？

佩佩脸红了，她知道自己错了，可她没有勇气对伟伟说声"对不起！"

而伟伟心里就在等佩佩那声"对不起！"，佩佩自以为对伟伟十分了解，她以为只要今天过去了，明天伟伟还是会和过去一样对她。可佩佩哪里知道，伟伟已经是一个大男孩儿了，他有自己的尊严，他有自己做人的原则。他就站在梧桐树下等佩佩那声"对不起!"否则他永远不会原谅她。

佩佩见伟伟不理自己,就拿出了从小使惯的伎俩,对着伟伟的背影"哼"一声扭头就走了。她以为伟伟会像往常一样来追她,然后抓住自己的小手,对着自己的鼻子轻轻地刮一下,两个人再一起笑起来。可伟伟这次没有,他仍一个人站在嘉兴路上,背对着佩佩,手里不停地撕着落叶。

那天晚上佩佩失眠了,她的脑子里全是伟伟的影子,她想起了他们之间曾经美好的过往,想起了这些年来的亲情,但她接受不了今天下午伟伟对自己的态度。

伟伟那天晚上也没有睡好,他是喜欢佩佩的,但希望佩佩人大了心也该成熟了,何况自己要去郊外读书了,不可能每天回来陪着佩佩。于是,伟伟就约佩佩出来,他想和她进行一次推心置腹的交流。

## 三

第二天下午,佩佩如约出了门,不知什么缘故,她特意去了海宁路上的国际电影院,还买了两张电影票,也找到了自己迟到的"理由"。那天的约会,佩佩迟到了整整一个小时。当她回到嘉兴路上时,路面上铺满了杏黄色的梧桐树叶,在金色的夕阳下闪烁着迷人的光彩。伟伟他没有走,也没有怪罪佩佩为什么迟到,他站在梧桐树下,树叶飘在了他的肩上,他披着一身晚霞静静地伫立着。他发现了佩佩,就轻轻地向她走去,伟伟那张清瘦的面庞洋溢着青春的笑容,跟昨天比,他像换了一个人似的对佩佩说:"我们都太幼稚了,都喜欢用自己最天真的想法去理解对方，希望时间让我们都赶快成熟起来。我们就此别过，再见吧。"

佩佩被伟伟这突如其来的态度搞得一肚子的冤屈，她就当着伟伟的面，拿出了那两张电影票撕了起来。她把撕碎的电影票摔在了伟伟的脚下，便头也不回地向着回家的路走去。伟伟看着佩佩那伤心的样子，原本想伸手去拉她。可伟伟犹豫了一下，就垂着双手站在落叶堆里不停地用脚尖去踩地上的落叶，踩得叶子窸窣作响。

佩佩低着头慢慢地走着，踏过了那纤纤的落叶，她看见了那双松紧鞋在不停地踩叶子，她在等着伟伟来拉自己的手，等着伟伟送给自己一根树叶，然后两个人就拿着叶柄玩起来。可佩佩什么也没有等到，只是从伟伟的身边走过了，顿时，委屈的眼泪从佩佩的眼眶里流了出来……

佩佩去新的单位报到了，伟伟也走了。弄堂里的人都来送伟伟去那郊外读书了，佩佩没有去送他。佩佩为自己找了很多理由，她甚至怀疑那个女同学就坐在伟伟的身旁，那份妒忌之火又在她心中燃烧，她在等伟伟对自己赔礼道歉。

半个月后，佩佩收到了伟伟从学校寄来的信，可任性的佩佩连信都没有拆开。伟伟连续给佩佩写了好几封信，可佩佩都让信躺在了抽屉里。后来，她发觉伟伟再没有给自己来信了。当她再也收不到伟伟的信时，却又盼望着他来信，于是，她把伟伟的信都拿了出来，认认真真地读了一遍又一遍。她被他的真诚感动了，也认识到了自己的任性和小心眼，她知道伟伟的心里一直把自己放在首位。她一直怀疑那个女生在和伟伟亲近，可她生性高傲，她还是固执地不给伟伟回信，她想等放寒假伟伟回来，他们还可以在嘉兴路上散步，像小时候一样站在桥上看14路电车向着东嘉兴路转弯,看车身上的左右黄灯亮起。她相信在这条路上可以和伟伟叙叙离别后的思念。

第一年的寒假,伟伟没有回来,佩佩就期盼着下一个假期的到来。等着等着,佩佩隐隐地觉得了自己将要失去什么了。当她发现自己的任性和妒忌都是错的时候,那条会飘满落叶的嘉兴路某天突然消失了,那些高大的梧桐树随着吴淞路桥的扩建被搬走了,路边的人家也都动迁了,佩佩的家也搬离了这条路。就如伟伟那天站在梧桐树下她悄然地从他身边走过一样,他们再也没有机会邂逅在上海的任何一条大街小巷。

## 四

几年以后,佩佩去了东京进修。当她在飘叶的深秋孑然一身来到另一个国度时,伟伟的影子犹如落叶飘到了她的面前,她想念着伟伟,想要看到他。于是,佩佩的母亲从伟伟母亲那里得到了消息,说伟伟早在几年前就去了大阪,并把他在大阪的电话给了佩佩。

佩佩拿到电话号码后非常激动,她马上就打给了伟伟。接电话的是个日本女人,她声音软软的,佩佩知道了伟伟在日本的一些情况。他在这个城市的一所大学里任教,他的一个日本女学生爱上了他。当佩佩挂断电话时,她的心里隐隐作痛,为自己当年的任性和傲慢懊恼,但她转念又觉得自己没有错,这是她性格使然,如果非要她改掉这个性格,她宁愿这一生永远孤独。

过了不久,佩佩就接到了伟伟从大阪打来的电话,她已经分辨不出他的声音了,他那生硬的上海话里夹杂了日本语音,他说想要见她，他们已经分别了很多年了。是啊！佩佩屈指一算，他们已经分别了十年，整整十年。

又是一个落叶的季节，佩佩旅居的城市里种满了银杏树，到了秋天也有落叶飘飘的日子。虽然，东京的天边飘的不是嘉兴路上的梧桐树叶，但也是泛着杏黄颜色的银杏树叶。佩佩早早地坐在公园里，望着那满地的落叶，想起了那些年的往事……此时此刻，她渴望一个天真的少年把一个红苹果塞到自己的手里，渴望一位腼腆的少年穿着一双黑白分明的松紧鞋，踩着窸窣作响的落叶向自己走来。

当天边的落叶向佩佩飘舞过来，当真的有一个人，一个曾经很熟悉的影子出现在佩佩的视野时，佩佩流泪了，这个影子就是她等了整整十年的伟伟吗？这就是因她当年一时任性而从她身边匆匆而过的人吗？这一别就是为了十年后的今天在这异国的土地上与他重逢吗？看着远方的人慢慢地向自己走来，佩佩的心仿佛要从嗓子里跳出来。这个人，他虽然没有穿那双黑白分明的松紧鞋，但当他身着淡灰色风衣缓缓走在深秋的风景里卷起满地的落叶时，佩佩深深地明白了自己，这些年来，她的心里一直没有抹去伟伟的影子，她深爱的人就是他呀。

当伟伟出现在佩佩面前时，她已经平静下来了。谁也没有说起那段难堪的过去。伟伟只是以兄长的口吻问佩佩到了日本习惯吗，有什么需要他照顾吗，最后问她什么时候回上海。

佩佩说她肯定是要回上海的，因为那儿有她的家和她的父母。伟伟听了，淡淡地一笑。随后，他弯下了腰，从地上拾起了两片落叶，他把叶面都掰掉了，只留下叶柄。佩佩接过他递来的一枚叶柄，对着伟伟手中的一枚叶柄玩了起来。这对儿时的伙伴，曾经的初恋情人，就坐在异国他乡的公园里，在飘满了杏银叶的天地里，玩起了儿时的游戏。他们没有比输赢，只是一根接着一根比试着谁先断了。不知不觉，他们脚下的树叶都成了断了节的叶柄，佩佩的手指头也红肿了起来。可她不知道疼，因为她的心比手指更疼。结果，还是伟伟发觉了佩佩的手指肿了起来，他就默默地捧起了佩佩的手，像小时候一样把她的手送到嘴边，轻轻地吹着。

"佩佩，还疼吗？"伟伟叫着佩佩的小名，佩佩只是摇了摇头说："不疼了。"

"我也不知道自己的人生会走到这一步，我很想回上海的，可我目前回不去了。"伟伟握着佩佩的手，他发觉自己手心里的小手已经长大了，眼前的佩佩也再不是过去那个佩佩了。

伟伟的话，一字一句都钻进了佩佩的心里，但她那颗孤傲的心让她昂起了脸，望着天边飘落的叶子，泪水全部咽进了肚皮里，她从伟伟的手掌里抽出了自己的手，笑着对伟伟说："我们是有缘无分。"

"你回上海的时候一定要告诉我，让我来送你好吗？"伟伟想要对佩佩表示一份内疚之情，可他找不出合适的话来表达，只是紧紧握着佩佩的手。

"方便吗？你在大阪，我在东京。"佩佩说着。她已经成熟了，不管是对爱的理解还是体验。两个人相爱时有一千条理由形成一个肥皂泡，五彩缤纷，漂亮动人，若不爱了，就像秋风吹破的肥皂泡，支离破碎，了无痕迹。

其实,这对年轻人心里都明白,他们错过了最美好的季节,错过了彼此,错过了一生。他们只有在当下,静静地坐在异国的公园里,看微风吹落片片树叶,看落日洒下满地阳光,看落叶铺得满地金黄。他们谁也没有再说话,但能听到彼此的呼吸。

佩佩在东京的进修结束了,她要回上海了。临走时佩佩打电话给伟伟,接电话的是伟伟的日本女友,佩佩就请这位日本女子转告给伟伟,说她要回上海了。打完电话,佩佩心里知道伟伟不会来东京送她的。但在成田机场上,她还是希望伟伟能出现,她在等待奇迹发生,等待着一份惊喜,她希望那个日本女人把这个消息告诉给伟伟。

最后,佩佩一个人登上了回上海的航班,她告别了东京,告别了伟伟,也告别了自己曾经的爱恋。同时,她告诉自己,要开始崭新的人生。她相信在某个地方,也有落叶飘飘的季节,在金黄色的叶子里,有个人会向她走来。也许这时候,她还会想起伟伟,想他是因为自己内心还藏有一份少女情怀,是想感谢他留给自己这份年少时的情愫,但更多的是祭奠这段无法用语言来描述的青春岁月。

玖

那时的爱恋

一

　　石头是76届高中毕业生，他的小学同学都是从小在一条弄堂里长大的。

　　那时候，他们小学每届就两个班，又因为他们读书的时候是个特殊的年代，这两个班不断地换学生，直到小学四年级后，才正式分为一班、二班、三班。但不管怎么分班，下了课还是一起玩，直到上中学，大家还是在同一个学校，男生和女生要好得像兄弟姐妹。

　　如今，他们都已年过半百，同学们也经常聚会，每次聚会这三个班的同学都会来，碰到老同学都开心得像回到了小时候，还会像上学时那样，讲起谁和谁坐在一个桌子上，谁和谁抄过作业，还有一起开过小小班。每次聚在一起，就觉得自己年轻了许多。

　　有一天，石头和几个男同学去女同学小朱家玩。小朱家境不错，她的老公也喜欢和石头们一起喝老酒，每次去总是把家里最好的酒拿出来给石头和几个男同学喝。这次他又拿出了家里珍藏的茅台酒让大家品尝，女同学也不例外。喝高兴了，大家敞开心扉说起了小时候谁和谁最要好的事。就连小朱老公也说，男同学们为什么在读书的时候不敢去追自己喜欢的女同学呢？还要绕很大的圈子去追别的女孩子？

　　当时，石头和其他同学一听小朱老公这样说都哈哈大笑起来，石头就说:"当时把小朱追了,你就没有老婆了。"

于是,小朱老公提了个建议,他说:"今天难得这样高兴,又是我老婆最要好的同学们在一起,你们每个人都把自己的心里话说出来,说说自己最初喜欢哪个同学。"

他的建议马上得到所有女同学的赞成,倒是石头和几个男同学窘迫起来,首先是石头。因为石头的妻子是石头中学同班同学,如果当着大家的面,说出石头心里首先喜欢谁,这真是个难题。

好在,第一个不是石头,而是小朱。她当着老公的面,说起了自己学生时代最喜欢的男生。她把那男同学的名字一说,大家都笑了起来,都说她说的是心里话。因为,大家都知道,学生时代的小朱就和那个男生坐一张课桌,小朱喜欢那个男生很正常。

但几个女生还是马上对小朱老公做解释,说那个男同学真的是个好学生,班里很多女生都喜欢他。小朱老公却开怀大笑,他说,这个是不能吃醋的,自己的老婆在上学的时候就喜欢上了一个男同学,这是她的初恋,而初恋又是最美好的。说完他还举杯祝小朱的心里有过这样一段美好的往事。

后来,另外几个女生也一一说出了她们最初喜欢过的男生,只是没有讲到石头。

二

本来,石头一直认为这几个女生喜欢的男同学也是平时公认的那几个，可没想到，女生的自述却讲出了藏在她们心里的秘密。

现在，轮到石头讲了。几个快嘴快舌的女生马上就说石头最初喜欢的女生肯定是石头现在的妻子。石头的妻子和石头是同班同学，她是在初三时从别的中学转过来的。后来她喜欢上了石头，一直追着，直到毕业后，到了可以结婚登记的年龄时就结婚生子了。

可石头说："不是我的妻子。"
同学们一片哗然，纷纷问石头到底是谁？
石头就说："我最早喜欢的女生是小学三年级的同桌。"

此语一出，满桌人都表示惊奇，他们就相互询问起来："石头小学三年级时和谁坐在一起？"

大家都面面相觑，小学三年级这样具体的事谁还记得呀？结果还是石头自己说出来："三年级时我和小玉坐在一起。"

顿时，大家都"啊"了一声，一个文静柔弱的女生形象出现在大家面前，都说她学习好、举止优雅。但如果今天石头不说起她，好像她已经被大家遗忘了。

是呀，从同学们开始聚会，小玉就没有出现过，她去哪里了呢？

但是，几个男同学却不同意石头的说法，说石头没有讲真心话。石头为了表明自己讲的是真心话，又借着几分酒劲把喜欢小玉的理由如实道来，也勾起了石头藏在心中最纯洁的一段往事。

石头的学生时代是不幸的，刚上学就遇上了"文化大革命"，没有好好上过课。到了小学三年级后，提出了"复课闹革命"。为了检验这些小学三年级生，学校进行了一次句子默写。石头记得语文老师当时是让大家默写了三十个字，可石头只写出了三个。

当时，小玉就坐在石头边上，她很认真地默写出了三十个字。小玉聪明好学，对当时的石头来说就如美丽的天使，石头马上对她产生了好感。而更让石头觉得可爱的是，小玉见他默写不出来了，就把她写好的字句给石头看，还问他看到了吗，石头想看又不好意思去看。小玉知道了石头的想法后，就干脆把作业簿摊开，放在他看得很清楚的地方，还对他说："快点抄呀，别让老师发觉。"

后来在班级检验完毕后，全班同学的成绩就石头和小玉最好。也是从那个时候起，石头发觉小玉真是可爱，她双眸黑亮，辫子细长，每天把自己打扮得干净漂亮。下课了，别的女同学在操场上疯，她就坐在教室门口，看着大家玩。

每次班里轮到石头和小玉做值日生时，她总是很主动地帮石头打扫，把走廊都打扫得干干净净。那时候，石头非常调皮，老是拿着课本在书桌上画三八线，不许小玉越线。有时候不但不让她越轨，还侵占她的地盘。小玉却很本分地把课本放在一个最小的角落，也不向老师告状。

其实，石头不是在欺负小玉，而是在显示一个男生的强大。说真心话，石头从那天默写句子时就喜欢上了她，想用自己怪异的行为引起小玉对自己更多的注意。可小玉不和石头多说话，她非常文静，心地善良。

## 三

有一次，石头和另外一个学校的男生打群架了，他被打得鼻青脸肿。为了不让老师和家长知道，石头和几个男生就学童话里的强盗，用墨汁在脸上画了个大花脸。小玉见石头的头发上还留有血迹，就用她的花手绢为石头做了个小花帽。她什么也没说，只把做好的小花帽偷偷地放在石头的书桌里，等石头发现了，她就朝石头笑笑。

小玉那甜甜的一笑，顿时让石头忘记了身上的疼。此时，石头认为自己成了英雄，就忍着身上的皮肉之痛，一口气为小玉削了几支铅笔，然后偷偷地放进了她的铅笔盒里。

过了几天，石头脸上的伤也痊愈了，他用自己的零花钱买了很多铅笔，还买了两块彩色带香味的橡皮。他把橡皮放在手心里，让小玉挑。小玉就问石头："你喜欢哪一块？"

石头拿过一块长方形的橡皮放进了自己的铅笔盒。小玉笑了笑，随手从铅笔盒里拿过这块长方形橡皮放进了自己的铅笔盒，再从石头手里拿过了一块圆的橡皮放进了石头的铅笔盒。她边拿边说道："这样，我们的铅笔盒里都有两种香味在飘过。"

石头听不懂小玉的话，但他觉得她的话非常美，就如小时候看过的小人书上写的故事。想到这些时，他的心里有一种冲动，一种从来没有过的感觉。后来，渐渐长大，他知道这种感觉就是一种青春的萌发，他喜欢小玉坐在自己身边，偷偷地嗅她身上的香味，帮她削铅笔。她的铅笔都是中华牌铅笔，还带有橡皮头的。石头就把自己的卷笔刀偷偷地放在了她的铅笔盒里。

小玉发觉自己的铅笔盒里老是多东西，就把卷笔刀放回石头的铅笔盒里。后来，石头再也不画三八线了，他希望小玉能在课桌上自由自在。有时候，课间十分钟时，小玉就趴在课桌上打瞌睡。石头也趴在课桌上打瞌睡，他只是假装在睡，侧着脸偷偷地看小玉那张睡着的脸，他在想，如果哪一天，自己真的和小玉睡在一起，脸靠着脸，那有多好啊。

就在石头喜欢上小玉时，他们分班了。这次石头分到了二班，小玉分到了一班。临别时，小玉拿出了那块长方形的橡皮交给了石头，对他说："我们互换一下吧，彼此留个纪念。"

大大咧咧的男生，虽然心里喜欢着女生，却似乎总少了一个心眼，石头也一样。他认为，分班又不是分校，每天还是可以在一起玩呀。于是，石头收下了长方形的橡皮，却没有把那块圆的留给小玉。

## 四

时光飞逝，他们慢慢在长大，有时候遇见了，都不知该说些什么，特别是小玉，她看见石头更是怕难为情，头也不抬。石头心里还是喜欢小玉，放学了，石头就跟在她身后，看着她回家。如果有谁想欺负她，只要石头在身边，谁也不敢动小玉一根汗毛。

那时候，石头希望自己天天陪在小玉身边，但又不知道用什么方式来表达，慢慢地，石头也找不出和小玉说话的理由了。

后来，他们都上了中学。这次，石头和小玉依然没有分在一个班，但石头还是默默地喜欢她。她下课后，常到一个同班女生家玩，这个女生正好是石头的邻居。于是，石头就叫上几个要好的男同学在那个女同学家的窗户下说话。石头说话的声音很响，他希望自己的声音能引起小玉的注意。可是，小玉仿佛聋了，什么也听不到似的。

于是，石头只能在学校的走廊里偷看小玉和同学们一起玩。看小玉为一件事开心地笑了，石头也笑了。如果小玉待在一边没有声音，石头也就暗暗地站在一个地方陪着她。

有一次，石头连续几天不见小玉在走廊里玩，就问别的女同学情况，她们告诉石头，小玉的眼睛受伤了。石头一惊。原来那时候，班里实行一帮一，一个读书成绩好的和一个读书成绩差的坐在一起。小玉班里的一个皮大王就坐在小玉的边上，上课时，皮大王在玩弹皮弓，一不小心伤到了小玉的眼睛。

石头当时一听，眼睛不由得痛了起来，仿佛那皮大王的弹皮弓伤在了自己的眼睛上。在石头的印象中，小玉的眼睛是最漂亮的了，如果瞎了怎么办？他当时第一反应就对自己说：如果小玉的眼睛瞎了，我就讨她做老婆，我来养活她一辈子。

但想到那个皮大王，石头就来气，于是叫来自己班里的皮大王和几个要好的兄弟，把小玉的事和他们一说，几个男同学就走到小玉的班里，找到那个伤了小玉眼睛的男生，挥拳就把他打了一顿，打得那个皮大王摸着发青的眼睛一时丈二和尚摸不着头脑。

在小玉养伤的日子里，石头天天在她家的窗户下傻待着，待闷了，他就吹口哨。他希望小玉能听到自己吹的口哨声，心里想着：虽然她的眼睛伤了，但她的耳朵一定能听到我的口哨声。

可小玉什么也不知道,不知道在她养伤的日子里,有一个少年在为她担心,有一个男同学在深深牵挂着她。不久,小玉的眼睛养好了,她的父母带着她来学校办理退学手续,全家移民去了美国。

五

刚开始,小玉移民去美国的事石头一点也不知道,还是弄堂里的那个女生告诉石头的。

那天她拿着小玉的铅笔盒来到石头家做课外作业,石头看到了那些熟悉的中华牌铅笔,就问这是谁给的,那个女生说是小玉。石头就问小玉是不是不用这些铅笔了,她说,小玉去美国读书了,这些铅笔就送给她了。

石头一听顿时傻了眼,什么?小玉去美国了?后来,石头才知道,原来,小玉的外公外婆都在美国,他们是全家移民的。当时,石头心里就像被掏空了一样,那股难过啊没有人知道的,只有在夜深人静时他伤心地偷偷哭了好几次。石头觉得自己是个大男人了,心里舍不得小玉离开,表面上也不能有什么表现。

小玉走了,石头再也没有心思上课了,成绩也越来越差。好在他们进入了学工阶段,在学工时,石头和那个邻居女生分在了一个班,她还是保持着和小玉的联系,时常会在石头面前说起小玉在美国的事情。说者无心,听者有意,石头记着有关小玉的每个细节,知道她在美国上学了,知道她已经会用英文写信了。不久,那个女同学的父亲去金山工作,全家也搬到金山去了,石头就再也没有小玉的任何消息了。

后来，石头上了初三，石头的妻子也就是大家都知道的那位女生成了石头的同桌。她和小玉颇有几分相似，也是大大的眼睛，温柔的笑容，学习认真，更让石头感动的是她帮石头写作业、抄课本。时间一长，小玉在石头心中慢慢淡去了，这个同桌也就成了石头的好朋友。后来，同学们都毕业分配了，石头就给她写了一封信，表达了自己对她的好感，她也欣然接受了石头这份情，愿意嫁给石头。

如今，大家都用真心话来回味自己年少时最喜欢的那个人时，石头就想起了小玉，但这一切都是石头的往事，那些年最纯洁的恋情。当然现在的石头还是很爱自己的妻子的。

石头的故事讲完了，大家都陷入沉思中，好像石头的那段往事都把大家带进了一个美好的过去。谁没有学生时代？谁没有一段难忘的过去？谁没有一段单纯的恋情？而恰恰在经历过这样的恋爱后，人生才会完美，才会发现生活如此美好。

拾

有情人终成眷属

一

　　小学二年级时，一场史无前例的浩劫突然给张伟的家庭带来了无穷的灾难，父亲因为早年曾加入过国民党，被强行隔离审查。父亲是家里的顶梁柱，也是张伟心中的一片天。

　　家庭的不幸在张伟小小的心灵上烙上了深刻的印记，他那种养尊处优的生活习惯一下子全部没有了，他常常感觉身边的人在用异样的目光注视着自己，他的性格慢慢变得孤傲，显得和身边的人和事格格不入。再后来他毕业了，被分配到工厂去上班，张伟一直保持着自己的清高，不喜欢和人多讲话。

　　为了显示自己是有教养的，他总是穿着整齐，头发梳得一丝不苟，脚上穿的布鞋要么亮黑，要么纯白，决不沾半点灰尘。

　　像张伟这样自命清高的人在当时是不受待见的，是属于那种有洁癖而无理想的人。可张伟不在乎人家是怎么看自己的，他认为人家不喜欢自己，那是人家没有资格来喜欢。他有自己的爱好，有自己的追求。张伟喜欢跳舞，喜欢弹钢琴，更喜欢拿着相机到处拍照片。

　　张伟在自己的世界里编织着美好的梦想，他想成为一名钢琴师，成为一名摄影师。渐渐地，他发觉身边的同龄人已经恋爱的恋爱、结婚的结婚了，有的连孩子都上学了，这时，张伟才恍惚醒来，自己已经是三十多岁的人了。

但张伟相信缘分,他相信心目中的另一半有一天一定会出现在自己身边。此时,上海浦东已经在大发展了,很多娱乐场所都开放了舞厅。张伟在父亲的熏陶下从小就会跳舞,曾报考过上海戏剧学院。工作之后张伟也没太多朋友,也不抽烟喝酒,就喜欢下了班去俱乐部跳舞。放在现在来说,张伟就是一个"老克勒"。但那时候,还是没有人敢自称是"老克勒"的,只是穿衣打领带时给人的感觉与众不同。

二

张伟每次去舞场跳舞,总是一身雪白的西服,一双白色尖头皮鞋,把自己搞得干干净净,头发梳得一丝不苟。再加上他一米八的身材,在舞场里十分引人注意。只要他一出场,舞场里所有的目光都向他投来,尤其是一些女孩子,都喜欢和他跳舞。

别看张伟平时打扮得油头光面,其实是一个典型的老派人。他喜欢女孩子淑女一点,含蓄一点,如果谁大胆来邀请他跳舞,他就认为这个姑娘不够矜持,不是自己喜欢的类型。还有,张伟每天晚上九点准时睡觉,所以,晚场的舞他总是不跳的,时间长了,大家都知道张伟是一个只喜欢跳舞却不喜欢和人搭讪的"老克勒"。

但张伟跳舞是出了名的优秀,他不但自己舞步跳得好,还能带好舞伴,哪怕不怎么会跳舞的人,在张伟的带领下也能轻松自如地跳出三步曲和四步曲。再加上他的身高给人一种安全感,所以他很有女人缘,凡是有舞会,就一定要张伟去参加。

1989年夏天,张伟受邀去参加某单位的一场舞会。那是在文艺会堂的一个小礼堂里，音乐已经响起，很多人都翩翩起舞，张伟却坐在一边喝着茶看着别人跳舞。就在这时，在暗淡的进口处，突然走进来一个女子，她穿着雪白的连衣裙，长长的头发梳在脑后，并用一根非常亮丽的花丝带扎在头顶上，这是一个与众不同的姑娘。

张伟的眼球刹那间被这个女子吸引了，她身材高挑，脖子细长，双臂修长，那张光洁的面容闪烁着青春的光泽，两只明亮的眼睛在闪烁的灯光下透出一股清纯。张伟不由得怦然心动，仿佛似曾相识，又恍惚在梦里见过？他觉得，看一个女孩子美不美就看眼睛，眼睛是心灵的窗户。

女孩的身边还有一个女伴，那女伴也穿着得体，她们款款地走向过道，在一旁找了个座位坐了下来。女孩的举止很优雅，她坐下来后就目不转睛地看着舞池，端庄而矜持，而她身边的女伴却不停地东张西望，女孩偶尔转过脸去听女伴说话。

就隔着一张桌子的距离，张伟静静地打量着这个女孩。他忘记了边上很多人在等他邀请跳舞，也断然拒绝了别人的邀请，只是痴痴地望着这个穿连衣裙的姑娘，他觉得似乎在哪里见过她。他希望这位姑娘就永远坐在那个地方，好好让自己欣赏，并想象着她可能叫什么名字，她肯定有一个非常符合她长相的名字，在名字中带有什么芳呀花呀的。就在张伟想入非非时，他的朋友走了过来，轻轻地对张伟说："去请这位小姑娘跳舞，她刚在学，你可以带带她。"

张伟听了朋友的话一下子激动起来，没想到自己心仪的女孩子竟然还是朋友的朋友。而最让张伟兴奋的是朋友告诉他："她姓方，是方小姐。"

啊，真是一个好姓。方方正正的方，那她肯定是个品行方正的女孩子。张伟这样想着。

这时，音乐又响起来，是一支豪放的吉特巴音乐，张伟整了整自己的领带，拉了拉身上那套白西服，风度翩翩地走到方小姐面前，彬彬有礼地邀请她跳舞。

方小姐对张伟的突然出现表现出一种惊慌，呆呆地看着眼前这个高大的陌生男人，不敢去接张伟伸过来的手。后来张伟才知道，她从来不和陌生人跳舞。但现在，方小姐在张伟诚恳的邀请下，款款地走到了舞池，在张伟的带动下，跳了起来。

这支舞曲不长，就短短几分钟，但张伟觉得时间好长，连呼吸都觉得不自然。张伟已是舞场老手，但今天这场舞却是最漫长的。他对方小姐动了心，仿佛这些年来，他一直寻找的理想女子就是眼前这位姑娘。他的眼前满是她清澈的眼神、甜美的笑容和略带羞涩的神态，而这一切让张伟的心颤抖起来。

音乐又一次响起，这是一支西班牙女郎的狂欢舞曲。天呐，今天怎么老是放这种快节奏的音乐？张伟真希望今天能放些邓丽君的歌，来个什么慢四或慢三，让自己拥着方小姐的细腰好好地细谈几句。他好想知道她的芳龄，知道她的真实姓名，知道她住在哪里。可音乐一响，就容不得张伟多思了，张伟只能拉着方小姐的手跨进舞池。

跳完这支舞，张伟还在等下一曲音乐响起，方小姐却和女伴起身告辞。方小姐很有礼貌地对张伟笑了笑，算作告别。张伟就赶忙问她："你平时在什么地方跳舞？"

方小姐就笑道:"我每天晚上在这里跳舞的。"说完她就扬长而去。

方小姐的声音很甜美很柔和,就像她的微笑,就像她身上穿的衣服,就像她的长头发,反正在张伟的心里,方小姐完美无瑕,他的心已经彻底被这位美丽的姑娘掳去了。

三

第二天晚上,张伟一改往日的习惯,早早来到了文艺会堂的舞厅,他在等方小姐出现。方小姐说过,她每天晚上都会来这里。张伟找了个显眼的位置坐了下来,等待着,直到舞池里响起了"祝君晚安",方小姐却始终没有出现。

第二天,张伟依然满怀希望前往舞厅,他在等方小姐出现,可她又没有来。

就这样,一个星期过去了,方小姐始终没有出现。张伟忍不住了,就去找那位朋友,他想打听有关方小姐的消息。朋友只是简单地告诉张伟:"她叫方仪蓉,一年前在这里学会跳舞的,具体情况就不知道了。"

也许是老天爷在捉弄张伟,让张伟对方仪蓉一见钟情,却始终不得再相见。转眼一年过去了,张伟天天来文艺会堂跳舞,可始终不见方小姐的踪影,但方小姐在张伟心目中的地位却越来越高,几乎无可替代。

这一年中,张伟的家人为张伟介绍过不少女朋友,张伟也勉强去相过亲，那些姑娘虽然也长得不错，但在张伟眼里都黯然失色，只要一见这些姑娘，方小姐的影子就会出现在张伟的眼前。有人说，时间会冲淡一切，但方小姐的影子在张伟脑海里却越发清晰。他期待在梦里见到她，可每次醒来，乱七八糟的梦中却没有方小姐的影子。张伟想让时间来冲淡他对她的思念。

也许情到深处却是恨不相见时。随着张伟对方小姐的思念加深，渐渐地，他恨起了她，恨她骗了自己，恨她是一个说谎的姑娘，恨她为什么一夜之间就消失了。就连那个朋友也说她一直没有出现过。

## 四

张伟决定把方小姐忘掉。一个美妙的夜晚，张伟和一个女伴正翩翩起舞时，他的眼前突然一亮，天呐，他看到了方小姐，她正和她的女伴起舞。两对舞伴相遇时，他们四人相互对视，方小姐的脸上一点笑意也没有，只是淡淡地瞥了张伟一眼，仿佛她从来没有见过张伟，更没有和他跳过舞一样。

张伟却看着方小姐，一脸笑意相迎。此时，天知道张伟是喜还是悲。张伟挽着舞伴的腰，眼睛却紧紧地看着方小姐，看着她旋转，看着她翩翩起舞。她穿着一条长裙，那裙摆随着她的舞步轻盈飘逸，就如仙女下凡。

舞曲结束了，张伟马上跑到方小姐边上，紧张地向她问好。方小姐却摆出一副不曾相识的模样看了看张伟，说了句："我们好像跳过舞？"

张伟听了,顿时晕了,什么叫好像跳过舞？是实实在在的跳过舞,就是那场舞让张伟痴迷、让张伟没有了方向、让张伟苦苦等了几年呢。他突然不由得感叹女人真是薄情,自己这么深情地思念她,她却说不认识自己。这时音乐又响起来,张伟就邀请方小姐跳舞。这次,方小姐很大方地接受了张伟的邀请,与张伟一起款款地走进了舞池。张伟握着她的手,心却怦怦跳了起来。这是他们第二次跳舞,也是他等了好久的一场舞。

两人共舞时,张伟才发觉方小姐的个子很高,是自己的最佳搭档,她舞步轻盈,小手温柔,连呼吸也带有淡淡的花香。张伟不敢再想下去,他怕自己稍有一丝不小心,方小姐就会消失,像上次一样让自己苦等几年。

舞曲很舒缓,舞步也很协调,他们默默地跳着。当音乐停止,他们走回座位时,一位年轻小伙子走到方小姐面前想请她跳舞。这时舞曲还没有响起,方小姐就微笑着拒绝了他。她用一把檀香扇子轻轻地扇着,随着扇子的摇曳,张伟闻到了一股淡淡的檀香味,这也是他喜欢的。同时,张伟在等音乐再一次响起,他就可以邀请方小姐再舞一曲,可张伟又怕自己也像刚才那个小伙子一样被方小姐拒绝。

可张伟是谁呀？他可是一个"老克勒",是久经舞场的人,他知道方小姐喜欢和自己跳舞的。于是,他大胆地向方小姐伸出了手,方小姐也热情大方地接受了张伟的邀请。当二人再一次翩翩起舞时,张伟的心顿时荡漾起来,至少方小姐没有讨厌他。这是一支华尔兹舞曲,优美的旋律下,张伟引导方小姐转了几个大圆步,把她美丽的裙子高高扬起,就如凤凰展翅,赢得了满场的喝彩。在大家的掌声中,这支舞曲结束了。

还没等方小姐坐稳，音乐又响了起来，刚才那个小伙子又走了上来，他再一次向方小姐发出邀请，这次方小姐还是彬彬有礼地回绝了。接下来，意想不到的事情发生了，那个小伙子随手端起桌子上的一杯茶水朝着方小姐的脸上泼去。方小姐惊叫了起来，顿时，在场的所有人都惊呆了，大家默默地看着方小姐，同时也有人把目光投向了张伟。

张伟一惊，大动肝火。这算什么呀？你他妈的邀请人家姑娘跳舞，人家姑娘不愿意跟你跳，你就要流氓了？于是，张伟就走到了那个小伙子面前对着他的脸就是一拳。那个小伙子被打得眼睛直冒金星，他捂着自己的脸含糊不清地说道："你是谁？"

"册那，我是伊男朋友，侬只夜乌蛋，居然敢吃我女朋友的豆腐，小心我废了侬。"张伟骂骂咧咧地还想伸出手去扇人家的耳光。那个小伙子一见张伟长得高头大马的，知道自己惹不起，就灰溜溜地逃走了。

这时，张伟才想起应该去安慰方小姐，于是，他走到方小姐面前，取出了放在西服里的手帕递给她。可她低着头不停地用双手揩着湿了的衣服，然后起身走出了舞厅。

张伟马上跟了出去，他知道，这对一个要面子的上海小姑娘来说是一件十分塌台的事情。他仿佛听到了方小姐在哭的声音，他想追上她，他想把她护送回家。当张伟在车站边追上方小姐时，他看见了她一脸的委屈，她那双明亮的眼睛里含着泪水。张伟就默默地站在她的身边，陪着她。

车站上人很多，也有人向他们投来了异样的目光，但张伟心里还是有一丝庆幸，他觉得这是老天爷赐给自己的一个好机会，他可以名正言顺地送方小姐回家了。微弱的路灯下，张伟仔细打量着方小姐。终于，他鼓起勇气对她说："方小姐，我送你回家。"

方小姐低着头，用她纤细的手指抚摸着长长的头发梢，轻声说了句："别叫我方小姐，就叫我小方好了，今天就到这里吧，也不要送我了，否则被别人看见了难为情的。"

"也好，那我把我家里的电话告诉你，如果还有谁敢欺负你，你就打电话给我，看我怎么收拾他们。"张伟说着，就从衣袋里拿出一支笔写上自己的电话号码递给了方小姐。

方小姐接过电话号码说道："我家没有电话。"

"没有关系，我会在老地方等你的。"张伟随口一说。方小姐听了就莞尔一笑，她已经忘记了刚才在舞厅里的尴尬，她笑的时候，脸上就如盛开的鲜花。

这时候，张伟心里的石头才落了地。出于对女孩子的尊重，他同意了方小姐的要求，就看着她坐上车子，目送她离开。就在汽车走远的那一刻，她把脸伸出了窗外，向张伟挥着手，手中握着一块手帕，这是张伟在舞厅时给她的。此时，这块手帕在方小姐的手中，在深夜的霓虹灯里闪烁着五彩的光芒，就如一团火焰在上海的夜空里飞舞。

张伟望着那块闪着爱情火焰的手帕，他的心顿时燃烧起来。他激动着，像一个十八九岁的小青年一样跟着公共汽车跑了起来。

张伟深深爱上了小方。他害怕这样可爱的姑娘被别人爱上，于是他隔三差五地给小方打电话，电话是打到她家楼下的公用电话间，接电话的阿姨已经听出了张伟的声音，于是，阿姨在传呼时，就会大叫："方仪蓉，侬男朋友来电话了。"随着阿姨的呼叫，整条弄堂里的人都知道方仪蓉有了男朋友。于是，方仪蓉的母亲就叫自己的女儿把男朋友带回家来，让做姆妈的给女儿参考一下。

当方小姐把母亲的想法告诉给张伟时，张伟却犹豫了。因为，当时张伟的经济条件还不怎么好，连一个单独的住处也没有，和哥嫂挤在一个屋檐下。因为父母亲死得早，兄弟姐妹也都如一盘散沙，各管各的。如果是张伟一个人过，这种生活他能忍受，可他不愿让自己心爱的姑娘受委屈。

张伟没有去方仪蓉家，他对方小姐说："为了你的幸福，请给我一点时间。"

张伟首先想到的是要换个工作，他要去跑业务。他突然觉得，月月拿着那点撑不着也饿不死的工资有点没出息。张伟就下到基层单位，跑起了业务。没想到就两年工夫，张伟竟然赚了不少钱。那时候房价也低，二十多万就可以在市区买个两室两厅的房子了。张伟打电话给小方，希望她能陪自己去看房子。当张伟满怀希望地打电话给小方时，她却婉言拒绝了。

张伟很纳闷，是不是小方有男朋友了？于是，张伟在电话里问小方是不是有了男朋友？小方总是说没有。既然没有男朋友，那见一面又有什么难处呢？张伟的心里已经乱了方寸。

几次碰壁后，张伟也渐渐地减少了和小方接触，一来他的工作也忙，二来他想一切随缘吧，如果小方真的喜欢自己，那她早晚会是自己老婆的。张伟这样安慰着自己。

五

一转眼，千禧年要来到了，人们都希望在新的一年里有个好运，特别是张伟做了销售工作后也特别相信那种运啊、财啊、势啊。

那是1999年12月25日，圣诞夜已过，转眼迎来了千禧年。张伟也想改变一下自己的生活，此时他最渴望的是有个家。他希望自己身边有个心仪的女人，他又想起了小方。于是，他怀着忐忑不安的心情给小方打了电话。他打的还是那个公用电话，那位阿姨又听出了张伟的声音，就神秘兮兮地告诉张伟："小姑娘家里装上电话了，我给你这个号码，你直接打过去。"

张伟有了小方家的电话，顿时觉得这是一个好兆头，他相信自己有这个运，相信小方还没有男朋友，相信她的心里还是有自己的。

电话打通了，接电话的正是方仪蓉。随着她的一声："喂！"张伟就直接开场白道："小方，我年龄也不小了，你也该结婚了，我想讨你做老婆。"张伟说完这句话后，心却怦怦地跳了起来。真的话出口了，张伟还是怕小方会拒绝。可没有想到的一幕出现了，电话里传来了小方的哭声，她一边哭，一边对她身边的父母亲说道："我要结婚了，我喜欢的男人正式向我求婚了。"

"那我们外滩见面。"张伟在电话里说道。

他们都放下了电话，小方如约来见张伟。那天夜晚，微风轻扬，薄雾轻飘，星空闪耀。张伟站在路边，深深地呼吸着清新的空气，他真想张开双臂对着天空，对着在天上的父母亲大声叫道："我要结婚了。"

小方穿着长长的风衣沿着长长的防汛堤向张伟走来，晚风吹起她的衣角，就如一个展翅飞翔的小鸟，她向张伟飞来。

谁也不会想到，这对恋人见面的第一句话是这样的："你为什么直到今天才接受我的爱？"张伟问小方道。

小方却淡淡地笑道："我的一个亲戚会算命，说我是晚婚的命，如果早结婚，我会很不幸福的，三十三岁后如果有男子向我求婚，那这个人就会给我带来终身幸福。你知道吗？昨天，我刚刚过了三十三岁生日，今天你就打电话给我了，而我也在等你的电话。"小方说完，就激动地扑向了张伟的怀抱。

他们热烈地拥抱着，张伟一边亲吻着小方，一边心里暗暗骂道："是哪个亲戚在胡说八道，害我等了这么久？"

"他是一个大师，在我第一次看见你时，我就去请教他的。你知道吗？我等了整整十年。"方仪蓉说着，脸上流下了幸福的泪水。

其实，他们心里都明白，过于年轻，在爱情和婚姻上容易犯错误。方仪蓉比张伟小十三岁，十三岁是一个不小的代沟。但随着方仪蓉的年龄增长，她渐渐成熟，她已经能处理和应付生活中的各种矛盾。婚姻和爱情是两回事，也是一对矛盾体，处理好了，真正的有情人是会终成眷属的。

# 拾壹 心中的蒙娜丽莎

一

　　阿杰做了一个梦,梦里有一个穿着黑色真丝圆领连衣裙的女子,披着一头浓密的长发站在他家的晒台上,背朝着他。阿杰在梦里的第一个意识就是这个女子就是自己挂在墙上的达·芬奇名画《蒙娜丽莎的微笑》中的蒙娜丽莎。阿杰觉得有点奇怪,画中的人怎么会出现在自己的晒台上呢?她是欧洲文艺复兴时期的一个贵族,是个挂在墙上的美人儿,怎么会跑到自己的晒台上呢?就在他觉得好奇时,阿杰从梦中醒了。

　　醒了的阿杰忙穿上衣服裤子,拉开亭子间的门,一个箭步向晒台冲去。晒台晾着邻居家的衣服,特别是女人的几条长裤子在晒台上毫无顾忌地挂着,那几条长长的裤脚管在阿杰的脸前不停地晃来晃去。阿杰这才清醒过来,自己刚才是做了一个梦。于是,他无精打采地回到亭子间里,呆呆地坐在床沿上,看着亭子间门背后的那幅《蒙娜丽莎的微笑》。画中的蒙娜丽莎袒露着大半个酥胸双手抱在胸前,双眸深情地看着阿杰,就像阿杰的母亲在看着他。

　　想到母亲,阿杰就默默地把头扭过了一个方向,看着窗外对面人家的前楼,一扇扇格子窗户在太阳下闪着玻璃光,还有屋顶上红色的瓦片一层层整齐地叠着,让他想起一些遥远的往事。就在这时,他听到楼下有人在叫他:阿杰,死小鬼,太阳都晒到屁股上了,还不起来呀?快起来了,都要上高三的人了,魂灵奵长长了啊。帮你烧好的泡饭焐在炉子上,上学堂的饭盒也焐在镬子里。

这是阿奶的声音，她刚帮弄堂里的人倒好马桶，现在正在自己的门口头在洗涮隔壁人家的一只马桶。阿奶的声音十分刺耳，但刺耳中带着刮辣松脆的语速，这与她长期在纺织厂工作有关。纺织厂里的机器是轰隆隆地响，人与人交流就不得不把喉咙扯开叫，也养成了阿奶说话时的音高和速度。同时也表明了阿奶在这条弄堂里的地位，别看阿奶是倒马桶的，那是她退休后的副业，是人穷志不穷的象征。而阿奶一声"死小鬼——"，让阿杰听了马上收回思绪，刷牙洗脸，以最快的速度完成了早上要做的事情。然后，就带上阿奶帮他准备的饭盒上学去了。

二

　　阿杰的同桌是芋艿头，长得白白净净，每天会换一件白衬衫穿穿，一张胖乎乎的圆脸泛着亮亮的油彩，一看就是营养过剩。阿杰坐在芋艿头边上就觉得身边老是黏黏的，就像有一只煮熟的剥了皮的芋艿头贴在身边，于是，阿杰帮自己的同桌起了这个绰号。但阿杰和芋艿头绝对是铁哥们，上学是同桌，下了学就是兄弟了。每到吃饭时，阿杰就把自己的饭盒子打开，然后，芋艿头也打开饭盒子，随后，他们就放在一起吃。芋艿头的饭盒子里有红烧肉、干煎带鱼、盐水虾。阿杰的饭盒子里就放着隔夜吃剩的菜，几根已经耷拉着叶子的菜梗梗。但这一切并没有妨碍兄弟之间的友谊，阿杰吃芋艿头带来的红烧肉、干煎带鱼、盐水虾。芋艿头就在边上看着阿杰吃，看得口水滴答流了出来，就拍拍阿杰的肩膀说道："省点给我吃吃。"阿杰就用手中的筷子指了指阿奶为他准备的饭盒子说道："侬阿爸是有钞票人，每天山珍海味侬也吃厌了，这盒咸菜侬帮我吃脱。"

　　芋艿头就低着头吃起了那几根菜梗梗，吃的时候，嘴巴还发出吧唧吧唧的声音，感觉老好吃的样子。这对兄弟就是这样一副死腔，芋艿头没有因为自己家里有个会赚钱的父亲而得意忘形，阿杰也没有为自己没爹没娘而自卑，相反，这对兄弟就信了古代人的那句话——有难同当，有福同享。

吃好饭，芋艿头就对阿杰说：放了学去我家打电脑，我姆妈帮我买了一台速度老快的电脑，阿拉一起打游戏。顺便也去看看我的新家。

阿杰知道，芋艿头的阿爸最初是在附近集贸市场卖水产的，后来跟了一个大老板做起了房地产生意也就发了家。但在和芋艿头白相时，从来没有听芋艿头提起阿爸的事，好像这个家只有姆妈一个人，就如阿杰在别人面前不提自己的父母一样。但阿杰不提父母，并不代表不想他们，只是只要一提起自己的父母，阿奶就会瞪起眼睛高频率哇哇地骂了起来："死小鬼，侬最好不要在我面前提那个女陈世美，男人还没有死，伊就到外头去轧姘头了，东轧西轧，居然跟着野男人跑到东洋去了。格辰光侬还小呀，侬爷才刚刚咽气，伊就狠得下心改嫁了。"每当骂到这里时，阿奶就呜呜地哭了起来，用手不停地拍着胸部，长吁短叹，呼着阿杰快点拿麝香保心丸来。

这样的事情发生几次后，阿杰吓得再也不敢在阿奶面前提母亲的事了，但每逢夜深人静时，他就会默默地想着印象中的母亲，她抱着自己，半夜里起来冲奶粉。母亲的头发很长，也很密，他就用小手去撩拨母亲的头发。有一次，他拉着母亲的手路过一家书店，母亲就指着橱窗里的一幅画对阿杰说：人家都说我长得像蒙娜丽莎，可我看来看去不像，一点也不像。母亲说着，就带着阿杰离开了书店。后来，阿杰想母亲了，就跑到这家书店的橱窗前，默默地看着，不久，他就用自己的压岁钱买下了这张画，贴在了亭子间那扇门的背面。

刚贴上去的时候，阿奶要撕下来，说这个画上的女人看上去像女鬼。可阿杰说：是学校里老师叫贴的，要我们临摹。阿奶一听，是学校里要求的，也就默认了。但谁也不知道阿杰心中的秘密，他把蒙娜丽莎当作了自己的母亲。

现在，阿杰听芋艿头说要带自己去他家玩，他第一反应就是能看到芋艿头的姆妈了。芋艿头姆妈是个什么样子的人？一直是阿杰心中的疑问。每次看到芋艿头穿得山青水绿，每次在学校吃饭时，看着芋艿头丰盛的饭盒子，阿杰总是会想那个姆妈长得什么样子，是不是和蒙娜丽莎一样？

三

当阿杰跟着芋艿头来到靠近虹口公园的一幢公寓时，阿杰就抬起头往天上看去。喔哟喂，阿杰的头颈都要抬酸了。当他伸回头颈，低着头走进电梯时发觉自己头有点晕了。但他知道自己已经是个男子汉了，马上要考大学了，第一次走进这样豪华的公寓应该拿出点男人的样子，说不定哪天我阿杰也会有这样公寓里的房子，让阿奶住，再也不要阿奶为弄堂里的人倒马桶了。但阿杰知道，这个梦想只能实现一半，等弄堂拆迁了，分一套带有抽水马桶的公房就上上大吉。想到这里，阿杰就挺了挺胸，壮了壮胆，跟着芋艿头走进了一间房间。

轻轻地推开门，立刻有一股淡淡的香味直扑鼻子。嗅觉告诉阿杰这不是一般的花香和香水味，也不是黄梅季节时，阿奶叫自己去弄堂口的烟纸店买的那种玫瑰花棒香，而是一种很有品味的香气，他说不出这种香味，但却陶醉在这片气氛中。准确地说，这股香味似乎是他在梦中曾经闻到过，又恍惚感觉是前世曾经拥有过，他感到一种温馨，头又觉得晕了起来，是一种飘飘然的感觉，他发觉自己的魂灵有点出窍了。

就在阿杰昏头昏脑时，芋艿头已经把他推到了一个女人面前。这个女人站在客厅中间，她穿着一袭黑色绸缎衣裳，一头浓密的头发很优雅地束在脑后。她的脸很白，就像瓷器一样洁白，一双美丽的单凤眼看着阿杰，面带微笑。这是一位雍容华贵的妇女，她优雅地站在客厅里，用慈祥的目光打量着阿杰。

阿杰一看到面前的女人，不由得打了个寒颤，以为自己又在做梦了。但他知道，这不是做梦，也不是在自家的晒台上，而是在同学芋艿头的家里，这个女人是芋艿头的姆妈。

于是，阿杰很有礼貌地叫了一声：阿姨好。

阿姨就对阿杰笑了笑说道：一直听我家芋艿头说起你呢，这个绰号还是你起的。

阿杰听了脸刷地红了起来，恨不得立刻在地上找个缝让自己钻进去。

阿姨用手撩了撩甩到胸前的长发说道："你们玩吧。"说完就悄悄地离开了客厅，走进了一间房间里，门在她身后轻轻地关上了。

阿杰呆呆地站在客厅里，四周弥漫着那股淡淡的香味，仿佛是阿姨离开时留下的那股味道。这股味道就如一束强烈的光照进了阿杰的心里,他的眼前晃动着阿姨那只白皙的手在撩拨胸前头发时的模样,他想起了亭子间里那扇门上的画,他想到了自己早上做过的梦。就在他神魂颠倒时,芋艿头神秘兮兮地对他说:侬猜猜我姆妈的年龄?

这时候,阿杰才缓过神来,看着眼前的芋艿头,他发觉芋艿头长得像伊自己的姆妈,白白的皮肤,用手去掐一下就像芋艿一样滑溜溜的。想到这里,阿杰的身体里本能地有一种冲动,这股冲动在上生理课时老师讲过的,是属于男性荷尔蒙的正常发挥。但他知道,自己面前站着的是自己最要好的同学,是兄弟。俗话说,兄弟的姆妈就是自己的姆妈,何况,自己的姆妈在很小的时候就离开自己了,嫁给一个日本老头子。于是,阿杰咽了一口馋吐水吞进自己的肚皮里,他感觉到肚皮里的红烧肉还没有消化掉,干煎带鱼和盐水虾好像在肚皮里活了过来,在游啊游,游得肚皮胀鼓鼓的。但阿杰忍着,他想起了阿奶从小对他做过的规矩,就是到了人家屋里,不好马上说要上厕所的,这是没有爷娘教训的小孩子,阿拉不好被人家牵头皮的。于是,阿杰提了提神接过芋艿头的问题道:"侬姆妈看上去最多三十岁的样子。"

"侬也讲得太嫩了,我姆妈是二十二岁生我的,侬讲伊现在是几岁?"芋艿头非常得意地说道。

"啊啊……"阿杰张大着嘴巴,瞪着一双大大的眼睛看着芋艿头,好像这张嘴巴刚刚吞了一只芋艿头,塞在喉咙口不上不下。

芋艿头拉着阿杰进了自己的书房,给他看新买来的电脑。于是,两个人就在书房里玩起了电脑。他们俩还是小孩子,这一玩就玩疯了，都忘记了时间。就在他们玩得乐不思蜀时，轻轻响起了敲门声。阿杰向门口望去，只见阿姨站在书房门口微笑地问阿杰道："一起吃夜饭好吗？"

芋艿头一听好吃夜饭了，就从书房里奔了出来，一边奔一边叫："我肚皮饿煞了。"阿杰却红着脸对阿姨鞠了一躬道："我要回去了，阿奶在等我吃夜饭的。"

"在这里吃夜饭。"芋艿头已经在饭桌边伸手拿起碗里的一块红烧肉塞进了嘴里，一边说道。

"已经到吃夜饭的辰光了，那就吃了再回去吧。"阿姨婉转地对阿杰说道。

说话间，芋艿头已经走到了阿杰边上，拉着他走到了饭桌前。桌子上放着的都是阿杰过年过节时才能吃到的好东西，并散发出菜肴的香味。阿杰脸红了，淡淡的红晕显出了嘴唇边细细的茸毛，他耳边响想起了阿奶那刮辣松脆的声音："是侬的总是侬的，不是侬的想也别想。"阿杰就很有礼貌地对阿姨说道："谢谢阿姨，我要回去吃饭的，否则阿奶要等我的。"

"拿出点男人腔调来。"芋艿头说完就自己坐在桌子边上吃起来了，他几乎是每天要在这个时候吃夜饭的，因为他的中午饭都是给阿杰吃掉的。

阿杰看着这一桌美味，心里想着自己快点回去，但脚就是迈不开，他是想留在这里的。因为，在他嗅到菜香味时，还有那股淡淡的香味从阿姨身上弥漫在自己的身边。他喜欢嗅这个味道，他想留在阿姨身边。于是，他就走到芋艿头边上怯怯地坐了下来。

四

这顿夜饭是怎么吃完的？阿杰一点感觉也没有。他只是低着头，默默地端着饭碗，看着一双白白的手夹着筷子在往自己碗里搛菜，这双手搛什么菜，阿杰就吃什么菜，吃得他肚皮胀胀的，似乎把一年里需要的营养都补上了。这人呀一吃饱，脑子就有点糊涂了，阿杰也记不清自己是怎么离开芋艿头家的，只晓得稀里糊涂地回到了亭子间，面也没汰，脚也勿洗，就一头倒在床上。

阿奶看孙子一副戆吼吼的样子，就心疼地为他盖上被子。可阿奶一盖被子，阿杰就伸脚把被子踢了，阿奶再盖上，阿杰再踢。阿奶盖了几次，也就不管这个戆孙子了，只是用她昏花的老眼痴痴地看着孙子。这么多年来，阿杰口口声声叫她为阿奶，但阿奶心里却一直把孙子当着小儿子来养的，从阿杰三岁起，自己的儿子就去世了，媳妇也跟着别人跑了，抛下无爷没娘的孙子与自己相依为命。为了照顾好孙子，给他最好的教育和营养，阿奶退休后就在弄堂里帮人家倒马桶，赚点生活费。可阿奶知道，自己再怎么省吃俭用，再怎么给孙子爱，总不能代替母爱。何况，现在的阿杰已经是个大小伙子了，已经学会想心事了。哎，自己把他当儿子来养，可孙子的心还是和自己隔着一层肚皮呢。算了，不管他是冻死还是热死，不去操这份闲心了。阿奶想明白了，就去睡自己的觉。

阿杰没有睡着，他只觉得浑身发热，口也干燥，也许芋艿头家的菜味精放了太多，阿杰就起身倒水喝。他走到放水壶的地方，却抬头看到了那幅《蒙娜丽莎的微笑》，蒙娜丽莎在门背后悄悄地看着自己，她那双似笑非笑的眼睛在淡淡的月光中欲言又止的样子。阿杰突然觉得蒙娜丽莎的样子和芋艿头的姆妈活脱脱是一个模子里刻出来的，那么，被自己叫着阿姨的芋艿头姆妈也和自己母亲很像的。想到这里，阿杰的嘴不觉得干了，只是呆呆地看着蒙娜丽莎，轻轻地叫了一声：阿姨。

这声阿姨很轻的，却叫醒了阿奶。阿奶睡眼惺忪，耳边有个"阿"字在响，出于习惯和亲情的本能，阿奶睁眼去寻找声音的来源，她一惊，看到月光下有一个影子站在门背后，一个像女鬼模样的人张开黑色的翅膀向阿杰飞来。阿奶大吃一惊，马上从床上起来叫道："啥人？"阿奶的声音惊天动地，吓得阿杰六神无主，手上的水壶"啪"的一声落在了地上，自己也一屁股坐在了水中。

阿杰生病了，连续几天发高烧和拉肚子。芋艿头和伊姆妈一起来看阿杰了，阿杰拉着芋艿头姆妈的手叫了一声阿姨，眼泪就落下来了。芋艿头姆妈忙安慰阿杰道："对勿起哦，那天晚上让你吃了太多了，胃一时消化不了，又受了冷。没有关系的，好好休息就会马上好的。"

阿杰只是拉着阿姨的手，他在用鼻子嗅阿姨身上的一股香气。这股香气让阿杰的身体似乎恢复了一大半。他抬头看着阿姨，就如平时仰望门背后那幅画一样的感觉，他觉得她就是蒙娜丽莎。

那一晚阿杰失眠了，脑海里都是阿姨的身影和声音。病好后的阿杰就经常去芋艿头家玩了，同时也知道了阿姨身上这股香味是檀香的味道，是阿姨每天拜佛时熏的香。

五

转眼，阿杰考进了大学，芋艿头却准备去加拿大留学了。临行前，芋艿头约了阿杰去了虹口公园内的茶室一坐。那是个下雨天，他们坐在茶室里，四面是开放的菊花。淅淅沥沥的雨和着风把菊花的花瓣吹了满天飞，也吹乱了芋艿头的头发。

他对阿杰说："我们是好兄弟，今有一事相求，我走后望你能好好照顾我姆妈。"

阿杰一听，马上表态："兄弟的姆妈就是我的姆妈，何况，兄弟走了，还有一个有钱的阿爸在嘛。"

芋艿头却摇了摇头说道："我姆妈看上去很幸福的样子，却是一个不幸的女人，医生说她有严重的忧郁症，所以我一直带你去我家玩，就是想让我姆妈开心。"芋艿头说着就看着眼前飘逸的花瓣，一副心事重重的样子。

阿杰明白了，芋艿头的阿爸在外面包了一个二奶。于是，他对芋艿头说："等我们以后有钱了，绝不可以做伤女人心的事。"

芋艿头握住了阿杰的手，他相信眼前的兄弟一定会照顾自己的姆妈。雨还在下，这对兄弟就此握手言别，阿杰却站在雨中，望着多年的兄弟渐渐在雨中消失，感到自己的肩上沉甸甸的，大有一种壮士被赋予重任的感觉。而最最要紧的是，自己可以和阿姨多接触了。

芋艿头走了，阿杰和阿姨一起把他送到了机场，他还看到了芋芋芳头的阿爸，一个大腹便便的中年男人，满脑门油光闪闪。阿杰看到这个男人，恨不得朝他的脸上吐几口唾沫，但芋芳头拉了拉他的手，轻声对他说："我在加拿大的一切费用全靠着他呢。"阿杰就紧握着拳头，有点想不明白芋芳头的话。

就在芋芳头转身走向海关时，阿杰望着芋芳头的背影顿时觉得自己很失落。他马上去看阿姨，阿姨的脸色刷白，身子在微微发抖。阿杰就上去搀扶着阿姨的手，阿姨的手冰冷，没有一点温度。

当飞机隆隆地向着加拿大飞去时，阿姨就放声大哭起来，向着蓝蓝的天空不停地叫着儿子的名字，阿杰知道她内心的痛苦，她身边唯一的亲人也离她远去了，这以后的日子对她来说会更加难熬。于是，阿杰对她说道："阿姨，你身边还有我呢。"当他说出这句话时，发觉自己的心跳得特别厉害，他发觉自己还有一股私心。但阿姨听了阿杰的话后就不再哭了，她似乎得到了某种安慰，还是觉得自己在儿子同学面前有点失态？总之她不哭了，也不坐丈夫开来的车子，却迈着细碎的步子走到出租车招呼站。

过了几天，阿杰接到阿姨打来的电话，说约他出来一起吃顿饭，以表示那天在飞机场的谢意。放下电话后的阿杰兴奋得一夜没有睡，他就望着《蒙娜丽莎的微笑》不停地想着自己心中的事，但他想起了自己曾在芋芳头面前许下的诺言——兄弟的姆妈就是自己的姆妈，那他所有的非分之念也就不敢再想了。

那天晚上，阿杰早早地到了虹口公园附近的一家饭店就坐。阿姨穿着一身黑色的真丝连衣裙，长长的头发披在肩上，她优雅地走到了饭桌前，坐在阿杰对面，用她那双美丽的眼睛看着阿杰。然后，她从随身带着的包里取出一只盒子递到了阿杰面前，对他说："这是檀香，是我每天用来供佛的。听我儿子说，你很喜欢这股香味，说明你有佛缘。"

阿杰接过盒子，他的脸刷的红了，他想起了那天早上做过的一个梦，梦中的女人就是眼前的阿姨，这么多日子来，他一直有种错觉，觉得自己已经爱上了这个女人。但他知道，她是自己同学的母亲，是自己的长辈，自己只能尊重她。

那次见面后，阿杰住的弄堂要拆迁了。阿奶年纪已经大了，动迁组的事情都是阿杰来对付的。就这样瞎忙了半年后，芋艿头突然出现在阿杰面前，他神情黯然地告诉阿杰，自己是回来给姆妈送葬的。

阿杰一听，顿时好久没有说出话来，只是闷头跟着芋艿头一起到了他的家。在一间供佛的客厅里，芋艿头姆妈穿着一身黑色的圆领衣服，双手抱在胸前，用她那双冷艳的眼睛看着周围的人，她的模样永远定格在镜框里了。但她身上弥漫的檀香味久久在客厅里散发着。阿姨是得了严重的忧郁症，在自己的房间里割腕自杀的。

阿姨的葬礼非常隆重，芋艿头却欲哭无泪，他对阿杰说："这辈子我最恨的人就是我的阿爸，等我以后自立了，我一定要为母亲报仇。"芋艿头说完，又叹了一口气道，"姆妈也作孽，知道阿爸外头有花头又何必苦自己呢？凭姆妈长相找个小男人也是笃定的事情。"说完就一脸悲伤地看着阿杰。

阿杰没有说话，只是走到了一家专门卖佛教用品的商店买了一张光盘一个人默默地回到了亭子间。亭子间里放满了各种纸箱子，阿奶正在往箱子里放东西。她一边放，一边用她的高音喇叭说道："左右邻舍都搬走了，你也不要一天到夜野在外头，魂灵好收回来了。

我也没有多少日子可活了，这把老骨头还想去新房子享享福呢。"

阿杰没理阿奶的话，他取下门背后那幅画，把它放在了桌子上供了起来。他取出阿姨生前送给他的那盒檀香点上，放上音乐，随着"阿弥陀佛"的佛号响起，阿奶立刻安静了下来，只是带着好奇的眼神看着孙子的举动，但她理解孙子，这么多年了，这个像女鬼的人一直陪着孙子，如今要搬家了，心里也有点对她依依不舍。想到这里，阿奶就跪在了桌子前对着她心中的女鬼磕起了头。阿杰也跪了下来，对着他心中的蒙娜丽莎进行忏悔，他后悔自己为什么没有照顾好她，后悔自己为什么不常去看看她。

可人生没有后悔药，也没有谁对谁错。人生如单行道，只能往前走，这条路上，蒙娜丽莎会一直陪着阿杰。

## 拾貳

### 十二年后,她仍孑然一身

一

　　这是一个很老的故事，故事的主人翁惊鸿已经从当年的纸媒刊物上退了下来，成了一个网站的主笔。但他仍然忘不了自己刚毕业在一家报社实习时指导老师说过的话，以至于在他成为主笔时，也会和年轻人说一样的话：身为文字工作者，每一个字和标点符号都要为读者负责。

　　这位让惊鸿念念不忘的老师就是俞虹。

　　那年，惊鸿还是一个刚从中专毕业的学生，辗转来到了一家报社实习。记得那是一个春雨霏霏的下午，叔叔的办公室陷在一片阴湿的昏暗中，空气中还夹杂着一点霉烂气味。这是一幢老式的花园洋房，从房内的窗口能眺望到对面人家的夹竹桃在雨中默默地伫立着。

　　惊鸿站在叔叔面前，听着叔叔介绍报社的情况，说已经为惊鸿安排了实习指导老师，是一位北方来的女大学生，她马上就会过来的。

　　说话间，一位活泼的姑娘带着一阵清脆的笑声出现在了惊鸿的面前。叔叔把惊鸿介绍给了她，当惊鸿向她伸出手想握手的一瞬间，他觉得眼前的一切都明亮了起来，就连这间低矮的办公室也有一缕阳光照射进来的感觉。他被眼前的人儿震撼了，她向惊鸿灿烂地笑着，那齐耳的短发，明媚的双眸。那天，她穿着一件鹅黄色的外套，黑色的毛衣衬着雪白的领子。也就从那天起，惊鸿开始觉得鹅黄色是世界上最美的颜色。而那年，惊鸿才刚刚二十岁。

惊鸿叫她俞老师。她却笑道："不用这样叫我，叫我小俞吧。"叔叔也在一边说道："咱们的小俞老师也是大学刚毕业呢，你就叫她俞姐吧。"

惊鸿开始跟着俞虹实习。在那段美好的日子里，在和她工作接触中，惊鸿不知不觉地迷恋起了她，也不知从哪一天起，只要一天见不到俞虹，就像失去了什么，一整天心里空荡荡的。他也明知她已经有男朋友了，也是一家报社的记者，可他的心里总有她的影子。

惊鸿常跟着俞虹外出采访，在采访中他发觉俞虹是个对工作很认真的人。记得一次和她一起去采访一个企业家，俞虹让惊鸿写初稿，结果惊鸿几个标点符号写错了，俞虹就一脸严肃地对他说道："身为一个文字工作者，每一个字和标点符号都要为读者负责。"她的那句话，时隔那么多年，仍一直深深地刻在惊鸿的心里，以后无论何时何地，只要他拿起笔或是后来面对电脑写作，他都会想起她那句话，也缘于此，他现在主管的网站是所有网络文章中编辑和文字处理最完美的。

二

那天，惊鸿和俞虹去闵行工业区的一家企业采访，晚上回来时没有末班车了。于是，他们就在车站旁的一家小饭馆里点了一些菜，俞虹还要了一瓶啤酒和惊鸿一起吃了起来。

看着眼前的俞虹，惊鸿觉得她一下子变成了一个天真活泼的小姑娘。她看见店家养了一条哈巴狗，就和那条狗玩耍了起来，并追着狗到了厨房间。当要结账时，惊鸿抢在前面付钱，她却拦住他说，"你是一个实习生，还没有固定的收入。"可惊鸿执意要付钱，那时，他觉得自己是一个男人，怎么能让一个女人付钱呢？而且，男人请女人吃饭是天经地义的事。当他把这种想法讲明给她听后，俞虹就只好让惊鸿付了钱。

回家的车没有了，他们就沿着沪闵路走了起来。那天晚上的夜空很美丽，暖风轻轻地吹在他们身上。俞虹边走边哼着歌，一边还随手摘下路边盛开的鲜花，戴在自己头上，走到路边的小河边，对着黑沉沉的河水里的黑影问惊鸿道："这个黑影像什么？"

惊鸿说："像你自己。"

俞虹就笑了，她沿着公路走着，嘴里哼着小调。走了不久，身体热了起来，她就脱下一件外套，搭在了肩上，继续唱着走着。

惊鸿走在俞鸿边上，帮她背着包，就像一对情人去郊外旅游回来一样。走累了，他们就坐在路基上憩一憩，抬头看着天上的星星。

俞虹问惊鸿，今后的职业方向是什么？惊鸿说想当个记者。俞虹就咯咯地笑了起来，并直爽地说道，做记者可不是件容易的事，当初在大学里读书时，她的理想是当个作家，可她的男朋友却选择了当记者，她也就跟着他从北方来到了上海这个城市。她还认真地说道："单凭你现在的学历是不够的，有机会还是好好去读书吧，今后，做什么还是要文凭的。"

惊鸿认真地听着，突然，一个奇怪的问题不由得闪现，他猛地问了她一句："今后你会和现在的男朋友结婚吗？"

俞虹怔怔地望着惊鸿，她犹豫了片刻，对惊鸿说："不知道。"

这时，惊鸿抓住了她的手，有股不可抑制的冲动，他想对她说：我愿意陪伴在你身边。可惊鸿没有这份胆量说出来，只是望着俞虹，怔怔地说了这么一句：只要你今后用得着我的地方，我一定会为你效劳。

俞虹拉着惊鸿的手妩媚地笑道：好啊，我没有弟弟，就把你当弟弟吧。

惊鸿又问了她一句：你的男朋友对你好吗？

俞虹没有回答，她只是望着天上的星星沉默着。

惊鸿的心里掠过一丝不祥的预兆，但他不敢说出来。

他们沿着公路继续走着，俞虹的歌声响彻在天边，她的歌声很美丽，都是当年影视剧里的插曲，"好人一生平安""驼铃""四季歌"。

惊鸿听着俞虹的歌，心里有股异样的感觉流过，于是，他就去看俞虹的脸，美丽、迷人，在月光下闪烁着青春的魅力。同时，惊鸿在这张脸上发现了一丝疲惫之态，他就快走了几步蹲在了俞虹前面。

俞虹吃了一惊，她惊疑地停下了脚步，问他怎么了？惊鸿说：已经走了那么长时间了，你的脚一定疼了，让我来背你一段路吧。

听着惊鸿的话，她顿了顿，那双美丽的眼睛看着惊鸿，慢慢地，一汪泪水溢出了她的眼眶。她的声音也颤抖起来道：这怎么能行？我这么大的一个人让你来背？

可惊鸿仍蹲在她的面前一动也不动，他对她说：让我来背着姐姐走一段路吧？

俞虹见惊鸿一副誓不罢休的模样，就默默地把身子伏在了惊鸿的背上。

他背着她，迈起了坚定的步伐，还哼起了歌，向着回家的路走去。

刚开始，是俞虹在唱歌，后来是惊鸿在唱，然后是她和着他的歌声一起唱了起来。渐渐地，俞虹的声音哽咽着，她竟扑在惊鸿的肩上痛哭了起来。她说道：你是我今生今世遇到的最好的男人。

惊鸿说：你也是我遇到的第一个女人。

漫长的归路就要走到尽头，他们快走到俞虹的宿舍了。这时，俞虹的男朋友出现在他们面前，并带着疑惑的眼神望着他们俩一副疲惫不堪的模样。惊鸿马上十分知趣地向俞虹作别了，却心有不甘地想：如果没有这个男人出现，也许我们还会有一些浪漫的告别仪式。

当惊鸿转身向外走时，俞虹却对着惊鸿说道："我叫辆车送你回去吧。"

惊鸿的心顿时感到一阵温暖，但他没有停下脚步，快速地离开了那个地方。后来，他知道，那天晚上，俞虹和他的男朋友吵了一架。

## 三

三个月的实习生活很快结束了，惊鸿没有马上参加工作，而是记住了俞虹的话继续读书。经过努力他考上了大学，在那漫长的四年大学生活中，惊鸿的心里时时想念着俞虹，也给她写过很多封信，但这些信犹如石沉大海。

惊鸿也想去报社找俞虹，可心里不止几千遍地问自己，我一个什么作为都没有的穷大学生，凭什么去找她呢？不久，惊鸿的叔叔也离开了这家报社，跟着子女移民去了国外，也就失去了关于俞虹的一切消息。

几年后，惊鸿的工作有了起色，进入了一家杂志社。每次遇上那家报社的记者他都要打听俞虹的消息，那些人告诉他：早在几年前，她就跟着她的男朋友去了深圳一家报社当记者了。再问一些情况，都说不知道了。

可过了几年后，惊鸿却经常在各家报纸上读到她写的散文和随笔，文字流畅，意境优美，她甚至在一篇文章中写到了那天晚上跟一个实习生一起沿着沪闵公路在星光下手拉着手的情景。从她的文章里，惊鸿也知道了，那天晚上的一切在她心灵深处留下了美好的记忆。

惊鸿捧着这张报纸，内心澎湃。他读完这篇文章后，真想马上给编辑部写信，让他们转交到她的手上。可他把信写好后，却没有勇气寄出了。是的,他还有什么资格给她写信呢?也许她已经结婚了,孩子也该到了上学的年龄。更何况,惊鸿现在也结婚了,孩子都三岁了。于是,他在心里默默地为她祝福,他想她的生活也应该是美满的。

当惊鸿正在努力地想把俞虹忘记时,她却神奇地出现在了他的面前。那天,惊鸿的BB机突然响了起来,当他不经意地打开时,不由得被那个名字激动了起来——俞虹。他简直不敢相信自己的眼睛,但在他认识的女性中,只有她叫这个名字。于是,惊鸿按捺不住激动的心情,立刻给她回了电。她的声音还是那样清脆爽朗,并答应和惊鸿见面。

惊鸿静下心来,掰着手指数着分别的日子,却发现已经整整十二年了。十二年,这里面该有多少故事发生啊?惊鸿都不知道此时见面会是什么情形,但他还是精心地刮了胡子,打扮得干净利索,早早地来到了约定的地方,他在等着俞虹的出现。

俞虹终于出现在了惊鸿的视线里,她的神态没有变,身着白色风衣,款款地向惊鸿走来。这段路并不长,却隔着十二年的时间,这十二年里她生活得好吗?这十二年里她又经历了什么?惊鸿的脑子里闪过很多的疑问。直到俞虹走到他的身边他们的手紧紧地握在一起时,惊鸿这才清醒过来,他们已经分别了整整十二年,这十二年也是人生中最美好的岁月,却在手指间如沙子一般流走了。

那晚,他们坐在一家咖啡厅里,叙述着十二年里的经历。惊鸿知道她去了深圳后不久就和她男朋友分手了,至今仍孑身一人。最近才从深圳回到了上海,正在应聘报社工作,打算长期定居下来。

俞虹也知道了惊鸿大学毕业后就到一家杂志社工作,现在也结婚生子了。

俞虹告诉惊鸿,她是回到上海后,从几家杂志上看到了他写的一些报道,知道惊鸿成了一名小有名气的记者,并从相关朋友那里要来了他的拷机号码,只是想看看惊鸿生活得好不好。

知道俞虹一直没有结婚,惊鸿心里很不是滋味,只想痛哭一场,甚至后悔当初没有给她写信。也许那个时候是她最痛苦的时候,而他却什么也没有帮到她。

惊鸿听着俞虹的讲述,隔着一张桌子,握住了她的手,也只有这时,他才有了勇气对她说道:"你知道吗?十二年前,我就爱上了你。可我不敢。"

"为什么呢?"她淡淡地笑着,然后她也坦率地说道,"其实那天我们沿着沪闵路一起走回家时,我也被你的诚心打动过,可我也不敢,因为我毕竟比你大几岁。"

两个人都沉默了,只有咖啡机在冒着热气,那浓郁的香味弥漫了整个空间。

"你呢?这些年好吗?"俞虹打破了沉默。

惊鸿没有回答她,如果她没有出现,也许他的生活也可以勉强过下去。可她出现了,让惊鸿想起了少年时的那份爱恋和相思。他知道,只要她在自己身边,那么他凭现在的胆识和勇气会重新爱上她的。

于是，惊鸿就把俞虹的手放在了唇边，轻轻地吻了一下，他对她说：给我时间，让我好好爱你。

俞虹一听，忙把自己的手从惊鸿手中抽了出来，她眨着那双清澈的眼睛看着惊鸿，轻轻地摇了摇头。她说："我也是个女人，知道女人最接受不了的事情就是男人的背叛，你就好好对待自己的家庭吧。"

那晚，惊鸿把俞虹送到了车站，这是末班车。车子启动时，惊鸿拉着俞虹的手，俞虹深情地对着惊鸿笑了笑，他就把她搂进了怀里，他们紧紧拥抱在一起。惊鸿想起了十二年前的那个夜晚，他们走在郊外的公路上，沿着笔直的路走着，却没有想到，人生的路是那么曲曲折折，拐了十二年后俞虹仍然孑然一身。

四

自从那次见面后，惊鸿再也联系不到俞虹了，如十二年前那般消失了，杳无音信。但每当夜深人静时，惊鸿就会想起俞虹，想到他们分别十二年后她仍然孑然一身时，他的心就隐隐作痛，他认为自己是一个罪人，是一个爱情上的骗子，他骗了自己也骗了俞虹。

有些爱情故事，看似缥缈，最终却能赢得对方的心。唯有惊鸿，骗了自己的心，同时也失去了自己最美好的爱情。

旧的时光有旧时的爱情，每一代人的爱情都是一个时代的缩影。惊鸿和俞虹的爱情故事对现在的人来说犹如天方夜谭，但对惊鸿来说是他最美好的岁月里最难忘的人和事，而让惊鸿最痛心的是俞虹在这十二年里仍孑然一身……

转眼很多年又过去了,新的时光代替了旧的爱情,惊鸿日渐成为一个成熟的男人,他的身边似乎永远不缺女人。但每当夜深人静时,他仍会想起俞虹,想起多年前那个美好的夜晚,他会在心里轻轻地说一声:俞虹,你还是孑然一身吗?

拾叁

想在上海有个家

一

阿梁来自安徽农村，他才二十五岁，却已经在外漂泊六年有余。他之前在三个省份工作过，现在在上海一家工厂，过着远离父母的生活。如今，像阿梁这样的男孩女孩有很多，他们像浮萍一样飘散在全国各地。因为命运的牵引，这些男孩和女孩偶然相聚，同病相怜，由此产生的爱往往又是短暂的，但相爱依然是非常美好的。在他们最美好的青春年华里，在尝过生活的苦难后，爱情让他们一起奋斗，努力成为上海这个大都市的一分子。

那年是阿梁的本命年，他来到了向往已久的上海。上海，这座从小就在他心里产生过巨大影响的城市，对他来说充满着无限诱惑。走在人民广场的地铁通道上，他感受到了这座大城市的快节奏，同时也有一种失落感。他明白自己文化知识有限，也没什么特长，很难找到合适的工作。

阿梁是跟着同乡来到上海的，这些老乡已经在上海生活几年了，都干着各自的工作，生活得也很充实，他不免觉得自己十分失落。好在同乡们热情地为阿梁介绍了服装厂的一份工作，工厂要求上班之前必须先去培训半个月的平车技能，这让阿梁终于有了一技之长，更重要的是，这让阿梁养成了一份吃苦耐劳的精神。就是这个机会，让阿梁遇见了小佩，一个改变阿梁一生命运的姑娘。

阿梁也算是个闯荡过大码头的人，虽然没有文化，但是个见过世面的人，再加上他性格活泼开朗，又肯帮助人，所以很受工友们的待见。他们住在一起，吃在一起。

但阿梁还是十分想念自己的父母亲，留恋在安徽老家那个温馨的家。虽然阿梁家不是很富裕，但家中有个可爱的妹妹，就是为了让妹妹读好书，以后过上好日子，阿梁才早早离开了家，出来打工多挣点钱来供妹妹读书。

## 二

到了新单位不到两个月，阿梁就和车间里的同事们混熟了。阿梁的同事大多数是女孩子，女孩子在一起就喜欢笑。有些人开口说话就先笑，女孩子的笑声特别感染人，有时候一个人的笑声就会唤起更多人的笑声，一个人的哭声也能招来一大片哭声。哭声过后就是发疯，你打我，我打你，然后抱在一起又是笑。她们正是怀春的少女，每个人的心里都藏有萌动的青春，都渴望着爱，渴望着家庭的爱。

但阿梁毕竟是男孩子，男孩子不能轻易笑也不能轻易哭，常言道：男儿有泪不轻弹，男人沉默是金。于是，阿梁大多数时候就是站在一边看着她们笑，看着她们哭，看着她们疯。有一天，阿梁发现一个叫小佩的女孩笑起来很甜，却很少哭，她不怎么说话，只是看着别人说话，自己就一边笑着一边干活。她看上去和阿梁的妹妹有几分相似，也就引起了阿梁的好感，他开始留意这个让自己一见如故的女孩了。

厂里给阿梁和这些女孩的宿舍都安排在四楼，楼上没有通水设备，要用水就得到一楼的车间去提，特别是到了夏天，要洗个澡得跑好几趟。这对于男孩子来说还不算什么大问题,但对女孩来说就很困难了。

有一天,阿梁下班后走到宿舍楼梯口,正好看见小佩站在那里犯愁,她的脚边有一个盛满水的塑料桶。阿梁走过去说道:"我帮你吧。"

小佩感激地看了阿梁一眼,她就点点头,随后她的脸微微有点红,眼睛里有种异样的光,但她很快低下了头,侧过身,让阿梁把水拎到了她的宿舍门口。

几个和她同宿舍的小姑娘见阿梁帮小佩拎水,就嘻嘻哈哈地看着阿梁,有的说:"以后也忙我们拎水好吗?"

阿梁就有口无心地说道:"行啊,行啊。"也许是阿梁更加留心小佩,也许是小佩也在注意阿梁,从这天之后,他们在楼梯口相遇的次数越来越多,好像楼梯口的每次相遇就是他们无言的约会。每次都是阿梁主动接过小佩手中的水桶,小佩就微笑地看着阿梁,阿梁拿起水桶走下楼梯。小佩就跟在阿梁身后,看着他把水注满,再跟着他走回四楼的宿舍门口,看着他把水桶放下。这时候,她就冲着阿梁甜甜一笑,然后把水桶拎进房内。

这已经成为他们的约定,也是一种默契。这男女之间最可贵的就是默契,不用任何的语言,一个眼神,一丝微妙的传递,就达到了沟通。

每次小佩跟在阿梁身后上下楼梯时,阿梁心里总有一种说不出的感觉。最初,他觉得她像自己的妹妹。在老家,妹妹也是这样,无论阿梁走到那里，妹妹总是跟着，饿了就会趴在阿梁的肩头哭，说她想吃肉。阿梁就对妹妹说："你就咬一口哥哥身上的肉吧。"妹妹就张大着嘴巴，做了个样子，发出"啊呜"的声音，拉着阿梁的手臂把牙齿印子留在阿梁的手臂上。此时，阿梁希望小佩也像自己的妹妹一样，对他提个什么要求，哪怕这个要求是很微小的，他也会满足小佩的。可小佩总是默默地跟着阿梁，带着感恩的微笑看着阿梁放下水桶，然后自己拎着水桶走进宿舍。

### 三

那天，天很闷热，只要动一动就会出一身大汗。阿梁把水拎到四楼时，全身已经湿透，额头上的汗珠如暴雨一样飙出来。小佩就进屋倒了杯冷开水给阿梁，还拿出一条毛巾帮阿梁擦着背上的汗。

当小佩的手温柔地在阿梁身上擦拭时，他全身的汗毛孔都打开了，他闻到了她头发上的味道，有点油腻味，还有点女人的淡香。这些味道掺杂在一起飘进了阿梁的鼻子里，激起了他的荷尔蒙，他发觉了自己身上的异样，他想转过身去好好看一眼小佩，想去亲亲这位让他心动的姑娘。可他知道，这是他的一厢情愿，他不能做让小佩为难的事。

就在阿梁心旌荡漾时，小佩却开口道："进屋去凉快一下吧。"

那天真的很热，厂里也放了假，很多女孩子就跑到附近的大商厦去蹭空调了。宿舍里，一只旧得掉牙的吊扇在无精打采地旋转着，他们就向这把吊扇下面聚拢，但又彼此想让对方多扇到风，就这样他们坐在了一起。

闲聊在彼此心照不宣中开始,也是他们之间的一种默契。阿梁告诉小佩自己是安徽人,今年是本命年。小佩也讲自己是河南人,比阿梁小两岁。阿梁一听就开玩笑地说:"以后就叫你河南妹吧,我没有别的意思,就觉得你很像我的妹妹,这样称呼你我觉得比较亲切。"

小佩笑了笑,什么都没说,随手从自己的床铺上拿来一把折扇递给了阿梁道:"留个纪念吧。"

阿梁拿过折扇后就随手从自己的脖子上取下了佩件,这是一块玉石,是一块小小的佛像,他用双手捧到了小佩的面前说道:"这是我的护身符,也留给你做个纪念吧。"

他们相互交换了礼物,同时也交换了彼此的心,这对天涯沦落人在上海相遇相爱了。不久,厂里的人都知道了阿梁和小佩恋爱了。几个女同事见到阿梁便开玩笑地也要阿梁帮她们提水,她们说如果谁帮自己就嫁给谁。阿梁是个热心肠人,觉得能帮别人的时候就不该拒绝,再说这些姑娘和小佩同住一个宿舍,又是自己的同事,他就一一答应了下来。同时也赢得了大家的好评,纷纷说小佩是前世修来的好福气,遇到了阿梁这个好小伙子。

阿梁就每天为大家提水,有一次提水时不小心闪了腰,他一时痛得躺在床上不能动弹。于是,小佩就天天来照顾他,为他擦身,喂他吃饭。阿梁躺在床上,看着小佩为自己累得满头大汗,他觉得自己欠了小佩的,但他在心里对小佩说:"我一定给你幸福,我要在上海给你一个温暖的家。"

上海的夏天非常闷热,阿梁在床上躺了很久,身上的痱子都痒痒的。于是,小佩搀扶着阿梁上了屋顶去乘凉。虽然那晚的天空没什么星星,但闷热的夜晚有凉风吹过。阿梁和小佩依偎在一起静静地坐在屋顶上,看着天空,看着远处闪烁的霓虹灯,心里盘算着他们以后的生活。

四

其实在上海有很多这样的恋人,他们因为相爱走到了一起,又因为彼此的生活困境分手了,阿梁也怕小佩会离开自己。就在阿梁思前想后时,小佩轻轻地握住了他的手,指着远方的天空说道:"上海真美,我真想永远和你一起看上海的夜空。"

阿梁就抬头看着远方,看夜上海的天空,看天上飘来飘去的云,看远处高楼里闪出来的灯光。那一扇扇窗户闪出的灯光也是他们俩渴望的家,可偌大的上海,这么多的高楼大厦里没有他们的家啊。想到这里,阿梁就紧紧地把小佩抱着了,小佩依偎在阿梁的怀里哭了。她哭得很伤心,哭得阿梁的心都要碎了。这是阿梁第一次看到小佩哭,也明白了小佩心里想要的东西。小佩渴望一份有家的爱,可阿梁目前给不了她这份爱,他都不知道明天或是后天自己会去哪里。

他们拥抱在一起,哼起了歌——《萍聚》,这是一首经典老歌,歌词也很生动:别管以后将如何结束,至少我们曾经相聚过……那动听的歌声在静静的夜晚飘向了远方,飘向了上海的夜空。阿梁对着眼前的一片高楼大厦对小佩许下了诺言:"我一定要让你在上海有个家。如果我不成功,就不娶你。"

"我们不一定要大富大贵,我只求能和你永远不要分开。"小佩也对着远处的高楼大厦许下了诺言。

阿梁突然发觉自己的腰好了，他能站起来了，于是，他们站在茫茫的夜空里大声对彼此说着。他们的声音回荡在屋顶上，久久不散。

不久，阿梁和小佩辞去了服装厂的工作。对于他们的行为很多人不能理解，特别是那些女孩子对小佩更是不解，凭小佩的长相，她完全可以嫁个好人家，也不用那么辛苦地跟着阿梁，而阿梁也可以做个凤凰男，稳享生活的安定。可阿梁和小佩决定走自己的路，他们要用自己的双手缔造自己的家，一个有温度的家。

他们在厂区附近摆了个早点摊，经营各种小吃，有安徽的煎饼和河南的煎果子，再有上海人喜欢的豆浆和包子。无论春夏秋冬，这个早点摊都会准时出现在厂区里，也受到了大家的欢迎。不久，厂区成立了工业园区，专门为这个早点摊设立了一个服务据点，为他们开辟了一个网店。阿梁就把这个网店取名为"暖心"。他希望自己的网店不但能为大家提供可口的饭点，也是温暖大家心情的一个据点。同时也是自己梦想成真的玫瑰伊甸园，让那些在上海寻找梦想的人都找到点家的归属感。

又经过一段时间的奋斗，阿梁的妹妹也来上海了，她已经大学毕业，并在工业园区里开了一家公司，专门为"暖心"做了个软件，只要下载这个软件，暖心的所有客户能在网站上享受到优质的服务。随着服务的普及，暖心的连锁店也一家一家开出来。

经过阿梁和小佩的共同努力，这对从安徽和河南来到上海的年轻人从陌路成为恋人，并为一个共同的梦想走到了一起，在他们的努力下拥有了自己的房子,并结婚生子。从此以后,上海的万家灯火里,有一扇窗户的灯光是他们亮起的。

上海这座美丽的城市,每天都催生恋情,每天都见证爱情。作为一个海纳百川的城市,它不但容纳了高贵,也包容了平凡,它不但创造种种奇迹,也上演种种日常。希望每一个怀揣梦想的人都会梦想成真。

拾肆

我们结婚吧

一

　　他叫李锐，她叫小文，他们俩是同事。在故事还没有开始之前，李锐和小文之间没有什么故事，平时就连照面的机会都很少。他们都扮演着自己的角色，一个是钻石王老五，一个是嫁不出去的老姑娘。可一天晚上，他们碰上了，故事也就开始了。

　　那是一个非常美好的夜晚，企业大厦里举行了辞旧迎新的隆重派对。男男女女都把自己精心打扮了一番，都想把自己最美的一面呈现在大家面前。

　　要举行这场派对时，钻石王老五李锐吩咐各部门的工作人员，参加派对时，男的要穿燕尾服，女的要穿晚礼服，还"网开一面"，结婚的可带家属，在恋爱的可以带上同伴，所有开销公司全部包了。

　　李锐一句话下来，却忙坏了小文和那些爱美的女同事们，纷纷为自己选购衣服。那时候还没有盛行网购，她们只好去十六铺码头的董家渡那里选布料，然后再请裁缝做。虽然忙了点，小文却为自己能穿上漂亮的礼服而高兴。

　　小文选了一块紫红色的丝绒衣料，准备做一件夜礼服。裁缝在帮小文量尺寸时就问她："做这么漂亮的礼服，是结婚时穿的？"

　　小文就对裁缝说："男朋友都不知道在哪里呢。"

"你穿了我做的衣服就会有男朋友了。"裁缝笑着,他的脸上是得意的神色,他告诉小文,他一直是为新娘子做衣服的,相信小文穿了他做的衣服就会有桃花运的。

小文答应,如果自己结婚了一定请裁缝做嫁衣,并送喜糖给裁缝吃。最后,小文冲着裁缝做了个鬼脸,但心里却在想,我有一个弟弟,谁会娶我呢?

## 二

也许是那件紫色晚礼服真的给小文带来了桃花运,当她穿着礼服出现在派对时,全场都向小文投来了惊喜的目光,说小文是最漂亮的。

小文在众人的赞美声中,向吧台走去,优雅地坐了下来,端起一杯鸡尾酒慢慢地吮着。

李锐穿着燕尾服,风度翩翩地走到了小文边上,他绅士地邀请小文跳舞。

当李锐出现在小文身边时,小文的心不由得紧张起来。她知道李锐是公司里的一名高管,是出了名的才子加帅哥。小文也知道公司里那些美女都暗地里较着劲在追李锐,但李锐目空一切,每天准时出现在办公室里,然后是开业务会,接待四面八方的客户,有时候吃饭也是一边打电话,一边端着饭盒。几个痴心的姑娘看到李锐这么辛苦工作,吃了上顿没下顿的样子,就纷纷献殷勤,约他一起去饭店里吃。

只有小文没有约过李锐，因为她心中有个弟弟，这个弟弟是她的全部，所以，一般男人也就进不了她的心。

现在，李锐走到了小文的身边，这位身高一米八三的英俊男子穿着黑色燕尾服，双手恭恭敬敬地向小文伸来。这时候的小文只觉得自己的背后有很多双眼睛在看着，况且，她的心里是喜欢李锐的，哪个姑娘不想被一个优秀的男人追？哪个姑娘不怀春？只是小文的心里装着自己的弟弟，她曾答应过自己的父亲，要用一生的爱来保护弟弟。

此刻，李锐站在小文身边，用他那双诚恳的眼睛看着小文，眉毛微微抖动着，嘴角上挂着淡淡的笑。这种表情也是小文喜欢的，于是，小文就答应了他的邀请。跳舞的时候，李锐很认真，他握住小文的手，托着小文的腰，迈着轻盈的步子，让小文轻松自如地随着音乐跳着。一曲结束了，李锐绅士地把小文引进了座位上，他也就靠着小文的位置坐了下来。

这是他们第一次近距离接触，李锐的彬彬有礼吸引了小文，何况，她本来就对李锐存有好感。于是，小文为他倒了一杯鸡尾酒，他微微点了点头。接下来谁也没有说话，只是默默地坐着。片刻之后，舞池里突然响起了一阵欢快的乐曲，很多人都走进舞池跳了起来，李锐二话不说就拉着小文的手也走进舞池里跳了起来。他的手很有力度，小文的手在他的手掌里就如一枚小小的鸡蛋，只要他一用力就会碎。但李锐也掌握得非常有分寸，不松不紧恰到好处，让小文感到了这双手的力量。这个男人的手是很有温度的，她好像隐隐觉得自己曾经渴望过有这样一双手，在她需要帮助的时候就这样紧紧地抓着自己。这曲舞跳得很快乐，小文跳得额头冒汗时，李锐就递给小文一块手绢。小文接过他递上的手绢，心里不免有点纳闷，这时代了，谁还会用手绢呢？

可这小小的细节又一次让小文感动了。虽然李锐是公司里很多女性追求的目标，在小文的印象中，他清高孤冷，言语不多，平时对那些追求他的女性也是不卑不亢，好像是金属中的锗，不溶于水、不溶于盐酸。而女人恰恰是水和盐酸组成。但锗也有它软弱的一面，它遇见碱就会溶化。那小文是不是碱性的呢？但有一点是肯定的，小文从来没有对李锐献过殷勤，也没有正眼瞧过李锐。

三

舞会结束后，李锐自告奋勇要送小文回家，小文就坦然地接受了他的要求，当着众人的面大大方方地坐上了他的车。

到了小文家门口，李锐对小文说："天冷了，早点回家。"

"嗯，你也早点休息。"小文的心被他温暖了，心中不免升起了一种莫名的情绪，她想请他上楼去坐一会儿，喝杯热茶。可小文想起了家里还有个弟弟在等着自己回家，于是就欲言又止，一个人站在小区的门口看着李锐的车子渐渐消失在夜色里。

元旦过后，小文到了公司里，同事们都对小文投来了诧异的目光，那些目光就如一把把火炬灼在小文的心里，她觉得非常不自在。

这时候，好朋友小玉就贴着小文的耳朵悄悄问道："和他好上了？"

小文就问:"谁和谁好上了?"

小玉就笑了起来,用她细细的手指点了小文的脸蛋说道:"还装糊涂,我们的白马王子喜欢上你了,你去看办公桌上的花呀。"

小文以为小玉在开自己的玩笑,但等她走到办公室时,那些女同事们都一字儿排着队,对着小文鼓掌。这时小文才发现自己的办公桌上真的放着一束鲜花,鲜花上插了一枚卡片,上面写着:祝你新年快乐,天天开心。落款人是李锐。

小文的脸刷的红了,她一时说不出自己是什么感觉,是高兴还是害羞?反正当时什么样的心情都有了。说真的,小文是个如花一样的姑娘,当一个姑娘知道有个自己心仪的男人也喜欢自己时,那种心情是可想而知的,特别是那束象征着爱情的鲜花无疑是李锐在告诉整个公司的人:我爱上了小文。

李锐追求小文时,小文却怕了。她默默地把花用一张报纸包了起来,放进了一个纸盒里。当她完成了这个举动时,眼泪悄悄地流了出来。她想到了弟弟,这个弟弟是上苍赐予小文的,小文爱他胜于爱自己的生命,也是因为他,小文一直不敢谈恋爱,她要陪伴弟弟走完全部的人生。

弟弟五岁的时候,得了脑膜炎,留下后遗症,直到现在他的智商只有五岁孩子的水准。可弟弟非常可爱,也很乖,他每次看着姐姐时,那纯洁的眼神就直穿进小文的心里,此时,只要弟弟提出任何要求,小文都会愿意。可弟弟从来不会向姐姐提出什么要求,他只希望看到姐姐,有姐姐陪在他身边,弟弟就知足了。他也知道姐姐要上班,每天上班时,他就会把包递到姐姐的手上,也会在固定的时间内在门口等小文下班。休息日到了他就会很乖地睡在床上，等姐姐去抚摸他的头、帮他穿衣服，他就会笑着，任姐姐宠爱，并亲切地叫着姐姐、姐姐。

弟弟的言语表达不是很清楚，但他能清楚地叫姐姐，每次叫小文时，小文的心就会被这甜蜜的叫声融化了。

这对兄妹从小就失去了父亲，是母亲含辛茹苦把他们带大的，父亲去世时，对年幼的小文说："你要照顾好弟弟。"现在，小文不但要照顾身患疾病的弟弟，还要照顾年迈的母亲。于是，她把自己全部的时间都花在了这个家里，她把弟弟当作自己的影子，除了上下班，其他时间，小文和弟弟形影不离。

可小文心里是爱着李锐的。此刻，她看着纸箱里那束被报纸裹着的鲜花，觉得自己很残忍，于是就把那束鲜花重新放在了办公桌上。

小文开始走神了，她只要一闭上眼睛，李锐的影子就会出现在自己眼前，他风度翩翩，沉默寡言，那双会说话的眼睛仿佛要透视小文的心。

四

常言说，男人沉默是金。在沉默中，李锐那双眼睛时时在关注着小文，他甚至不顾小文的意愿，就提出要小文跟着售后服务部的人一起去参加他们的回馈客户活动，其实小文和这个部门一点关系也没有。可李锐是公司的高管，他有权力指派任何人。

该活动在苏州举行,来回起码三天时间。她不是销售部的人,当时小文是完全可以推托掉的,更何况小文还有一个非常硬的理由,那就是要照顾弟弟。小文有个弟弟是办公室里都知道的事情,但知道弟弟有病的只有小玉一个人。

小文还是准备去苏州了。去的时候,她对弟弟说:姐姐出差了,去赚钱,会给你带喜欢的礼物。弟弟听了就非常乖地回答道:"好的,等姐姐带礼物回来。"

公司专门派了一辆车,一共去了十多个人,好朋友小玉也去了。此次活动是以销售部为主,全部方案却是李锐策划,也就是说所有的人都得听李锐的安排和指挥。李锐给小文安排了一个非常轻松的工作,就是负责客户签到。

签到的工作很简单,闲暇时,小文可以出去走走。于是,小文想起了答应过弟弟的话,给他买礼物。弟弟喜欢吃甜食,特别是芝麻饼和桃酥之类的点心。于是,小文就叫上小玉一起去老街逛。就在俩人逛街时,她们看见了李锐,他见小文在买甜食就说:"女同事还是少吃甜食,小心发胖。"

小玉就快嘴快语地回答道:"是小文买给她弟弟吃的。"

李锐一听,顿时一楞,他好像对小文有个弟弟表示惊讶,当小玉说出小文的弟弟是个低能儿时,小文想阻止她都已经来不及了。小文不想让别人知道自己有这样一个弟弟,更不想让李锐知道。这并不是怕人家看不起她弟弟是个低能儿,而是不想让大家来怜悯自己。

李锐听了小玉的讲述后,就对小文微微一笑道:"为什么不早点说呢？"说完就掏出了钱买了各种各样的甜点，一边买一边说，"吃甜点能让人愉悦，能让人高兴。"

小文一听李锐的话就笑了起来，李锐却看着小文问道："你笑什么？"

回到上海，李锐就把小文送到了家门口，他问小文能不能去看看弟弟，小文听了，心里暖暖的，就答应着把李锐带到了家里。

李锐走进了小文的家，他看见了一个憨厚的孩子扒在门缝前，用惊疑的目光看着陌生人。弟弟看着眼前又高又大的男人，不由得害怕起来，他躲在房间里就是不肯出来。不管小文怎么对他解释，说李锐是姐姐的同事，这些甜点都是他买给弟弟吃的，可弟弟就是摇着头说李锐是警察叔叔，是来抓他的。

李锐听了就笑了起来，他觉得弟弟很可爱，于是就尽量去讨好弟弟，说他想和弟弟交朋友，可弟弟拒绝李锐。

李锐只好把甜点放在了弟弟的卧室里，早早地回家了。

小文把李锐送出了门，她对李锐说："我答应过父亲，要好好照顾弟弟。"她说这句话时，心里有种伤感，她是想告诉李锐：你走吧，我们不可能走到一起的。

那天晚上，天很冷，上海的冷是种湿冷，冷得小文站在李锐面前说话时牙齿直打颤，连声音都是颤抖的。李锐看着小文，就脱下自己身上的大衣，温柔地披在了小文身上。小文双手紧紧抓着披在身上的羊绒大衣，柔柔的毛摸着非常舒服。小文哭了，她是被一种温暖感动。

　　李锐就把小文紧紧地抱在怀里,向冷得发青的夜空抬起了头,口气坚定地说道:"相信我,我会让弟弟喜欢我的。"

　　"不,你是那么优秀,我不能连累你。"小文说着,就一把推开李锐,挣扎着脱下了身上的大衣向着回家的方向奔去,她一边奔跑,一边流着眼泪。

五

　　李锐并没有放弃小文,他经常给小文打电话,也热心地问小文需要些什么帮助,可小文说,弟弟很好。

　　但那个雨夜,弟弟莫名其妙地浑身抽搐起来,嘴里胡言乱语,小文就去摸弟弟的额头,发现弟弟高烧了。小文一筹莫展,她想送弟弟去医院看病。可夜深深,外面又下着大雨。望着在痛苦中挣扎的弟弟,小文的心都要碎了。无奈中,小文拨通李锐的电话,她告诉李锐弟弟病得很重。

　　李锐放下电话,以最快的速度来到了小文的面前,他什么也没说,就一把抱起病中的弟弟把他送到医院。经检查,弟弟是患了急性阑尾炎,已经小肠穿孔,如果不及时治疗就会有生命危险。

　　手术后,弟弟静静地躺在病床上,忙碌了一个晚上的小文也累得趴在李锐的肩上发呆。李锐一动也不动地看着吊瓶里的水一滴滴落下,又低下头看看小文。小文睡着了,她的脸上有一种牵挂,有一份忧伤。李锐看着，心里不免有些难过。于是，他决定向小文求婚，他要娶小文为妻，他要照顾好小文，也要照顾好弟弟。

不久，弟弟康复出院了。经过这场病痛后，弟弟喜欢上了李锐，并学会了叫李锐为哥哥。弟弟几天不见李锐就吵着要打电话给李锐。某天，李锐一手抓着小文的手，一手抓着弟弟的手说道："我们结婚吧，让我一起来照顾弟弟。"

小文看着李锐，流下了幸福的泪水，她含情脉脉地点了点头道："谢谢你，让我可以嫁人了。"

不久公司里发酵着一个重大消息，钻石王老五要结婚了，老姑娘小文要嫁人了。李锐和小文结婚的消息对那些还在追求李锐的姑娘来说是一件很伤心的事，但又是一个很明鉴的事：这世上没有永远的王老五，也永远没有嫁不出去的老姑娘，只是看有没有缘分，缘分来了，就结婚吧。

当然，小文说话是算数的，她出嫁时穿的衣服都是叫董家渡的那个裁缝做的。李锐也说话算数，他娶小文时，当着所有亲朋好友的面承诺，弟弟永远是家庭的重要一员，结婚后尽量生两个孩子，等自己老了让孩子们来照顾弟弟的生活。

这就是一个上海男人和一个上海女人的爱情故事，很简单，相爱了，就结婚吧。

拾伍

鸟语传爱

一

　　几年前的一个夏天，住在二楼的孙家养了一只八哥，就挂在楼梯的过道上。其鸟貌不惊人，黑不溜秋的，蹲在一只竹笼里，傻乎乎地看着上上下下的邻居们。

　　晶晶住在五楼，她每天会在固定时间上下楼梯几次。孙太太每次听到晶晶穿着高跟鞋上下楼的脚步声，就会打开房门，站在鸟笼前，给她介绍自家的八哥："这只鸟还小了，等它会讲话了就有意思了。"

　　晶晶就问她："你教它讲话了吗？"
　　孙太太就对着八哥说："侬讲：'你好。'"
　　八哥理也不理孙太太，只管自己在笼子里跳来跳去。
　　晶晶就说："鸟呀，懂什么呀。"
　　孙太太就笑了笑，回房去了。

　　第二天，晶晶下楼了，她穿着高跟鞋在台阶上发出了"笃笃笃"的声音。孙太太听到了脚步声，又走出了房门站在鸟笼子前对晶晶说："你出去了？"

　　晶晶说："今天教鸟讲过话了吗？"
　　孙太太又对着鸟说道："侬讲呀：'你好。'"

　　这时，一个年轻的小伙子听到了她们讲话的声音，也走出了房门，他站在走道上，抬头看看笼子里的鸟，又用眼睛瞄了一眼晶晶。

孙太太就把这个年轻人介绍给晶晶道:"这是我儿子。"

"哦,小孙好。"晶晶十分有礼貌地和那个小伙子打了一声招呼。

那年轻人也很有礼貌地向晶晶问了好。晶晶仔细看了看小孙,她发觉他一点也不像他母亲,皮肤黑黑的,眼睛不大不小,只是个子比较高。穿了一件汗衫,头发乱哄哄的样子。

孙太太问晶晶:"你出去玩呀?"说完,她就仰起头看着鸟笼子里的八哥,那神态就像在看自己的儿子一样,然后她对晶晶说,"鸟还小呢,明年就会讲话了。"

小孙却说:"我会教鸟讲话的。"说完他就转身进了房门。

二

转眼,天凉了。孙家就把鸟笼子搬进了屋里,楼梯口也就少了一道风景。更准确来说,晶晶走上走下楼梯也就没有人和她打招呼了,显出几分冷清。平时楼梯里就晶晶一个人走上走下,但每次路过二楼她就会想起那只黑不溜秋的鸟,还有孙家母子俩。

晶晶是湖南人,来上海工作没有几年。刚开始时,她和同事们合租一个公寓。但女人们在一起时间久了总有点不开心的事,再说经过几年在上海的打拼,晶晶有了点积蓄,就自己租了一个房住。一个人在上海生活是件非常艰苦的事,到了这年的夏天,晶晶胃出血在医院里住了一段时间,回家后也很少出门,偶尔去医院配点药也是早上一早出去,回来就把自己关在房里。但那天,晶晶发现二楼的走廊里又挂出了鸟笼，八哥蹲在笼子里，闭着眼睛打着瞌睡。

也许出于好奇心，晶晶就站在笼子前，对鸟叫了起来："做啥啊，对我说你好，说呀。"

八哥却看着晶晶，扑了扑它的双翅，转头调了个方向，不理她了。

晶晶也就踩着她的高跟鞋，"笃笃笃"沿着楼梯向上走着。

突然，她的身后传来了一阵脚步声，也是"笃笃笃"的声音。晶晶以为是孙太太从房门里出来了，于是扭过头去看，却没有见到任何人。只见挂在楼梯口的鸟笼里，那个八哥对着晶晶，展开双翅，把嘴巴抵着笼子底，双翅在不停地振动着，随着双翅振动，鸟的小嘴不停地啄着笼子的底，那"笃笃笃"的声音是它发出来的。

晶晶顿时乐了起来，咦，这个八哥真有趣，它会学人走路的声音了。于是，晶晶回到鸟笼前，对八哥说："做啥啊，你好。"

八哥没有理晶晶，好像刚才的声音和它没有任何关系，只管自己在笼子里跳来跳去。晶晶却有点激动了，知道八哥会学人的话，什么你好呀，吃饭了，发财呀，甚至也听到过家里电话铃响时，八哥会学着主人的声音："电话来了。"于是，晶晶就站在鸟笼前对着八哥自说自话起来："你好，说呀，你好。"

八哥还是不理晶晶，晶晶也就失望地沿着楼梯向上走去，刚迈开脚步，身后又传来了"笃笃笃"的声音。于是，晶晶又退回鸟笼子前对着八哥说："你好。"

这时孙家的门打开了，小孙穿着一件汗衫出来了，快一年没见，晶晶有点认不出他了，好在他是从孙家门口出现的，就知道是小孙了。于是，晶晶就向他点了点头。

小孙站在鸟笼前，他对着八哥只说了一句："你好。"那鸟顿时就像人来疯，不停地在鸟笼里转，然后用清楚的声音对着晶晶叫道："你好，美女。"

哇，晶晶被这只鸟吸引了，它居然会对自己叫"你好，美女"。于是，晶晶也就对着它叫道："做啥呀？你好。"但八哥它就是不学晶晶的声音，却用一种男人的声音在说："你好，美女。"

呵呵，晶晶开心得笑了。这时，小孙对晶晶说：它已经会说话了。

"是的，会叫'你好，美女'了，真有趣。"晶晶也说道。

"你瘦了，别减肥，女人还是胖点好。"小孙用关爱的眼神看着晶晶。

"我没有减肥，是身体不好。"晶晶有点难为情的样子。

"生什么病呀？怪不得有些天没有听到你脚步声了。"小孙的语气有点紧张的样子。

"是胃出血。"晶晶说道。

"哦，一个人住就不注意吃了，胃是靠养的。"小孙说。

"是呀，一个人吃饭很随便了。"晶晶一边说着，一边用手去逗鸟玩。

这是晶晶和小孙第一次近距离说话，却发现他长得很帅，宽宽的肩膀，胸前两块胸肌明显地从汗衫里显出来。都说上海男人有点娘娘腔，白天出门都要在脸上擦防晒霜，洗个手还要擦护手霜，更别说在太阳底下跑步晒太阳了。可眼前的小孙，让晶晶顿时改变了对上海男人的看法，这个岁数看上去最多比自己大几岁的小伙子很有男人腔调的。晶晶被小孙吸引了，也感叹上海男人的细心，一个高高大大的男子汉却会注意到一个小姑娘的生活起居，居然发觉小姑娘的胖瘦和健康了。

就在晶晶感叹时，孙太太出来了，她笑眯眯地看着晶晶道："我家鸟会说话了。"

"是呀，它叫'你好，美女'呢。"晶晶开心地说道。

"我家鸟现在会说很多话呢，特别是对你的脚步声特别敏感。"小孙说的时候脸有点红了。

"是吗？它怎么会分辨不同人的脚步呢？"晶晶好奇地问道。

"这可是秘密了。"小孙说完就跟晶晶打了一声招呼，进房间了。

晶晶也就和孙太太道了别，回到了自己的家。

## 三

过了几天，有人在敲晶晶的房门。原来是孙太太端着一碗馄饨上楼来了。她对晶晶说："听我儿子说，你胃不好，今天刚包了馄饨，就让你尝尝。馄饨又有营养又容易消化，但我儿子说了你是湖南人喜欢吃辣的，不过考虑到辣椒刺激胃，所以就不放辣椒了哦。"

孙太太很热情，不容晶晶让座，就在客厅里坐了下来，问她怎么会胃出血的？怎么不告诉他们，还说怪不得最近没有听见你的脚步声了。

晶晶就问孙太太:"你们能听出我的脚步声?"
孙太太就笑笑道:"是我家的鸟,它只要一听你的皮鞋走路的声音,就会激动地在笼子里跳来跳去。"

晶晶一听乐坏了,就问孙太太,鸟怎么会认出是我的脚步声?
孙太太没有回答,却问晶晶今年多大了?有男朋友了吗?

晶晶就如实告知自己是从湖南来到上海一家公司上班的,在上大学的时候谈过一个男朋友,他是北方人,毕业的时候,她带他回老家去见过家人,可父母亲不喜欢这个男生,于是,晶晶也就不和他来往了,现在就一个人。

孙太太一听,就笑眯眯地对晶晶说:"你对我家儿子什么印象?"
晶晶一听脸就刷地红了,于是,头也不抬地吃着馄饨。

"这馄饨可是我家儿子包的哦,也是他对我说,你一个人住,生活起居没有人照应,才叫我送馄饨上来的。"孙太太说道。

"那他为什么不亲自送上来呢?"晶晶不由自主地说了这样一句话。

孙太太一听就站了起来说:"你不知道,他怕难为情。不过我儿子真的喜欢你,只要听到你的脚步声,他就会把鸟放在房门后面听,然后再教八哥学叫那句'你好,美女'。"

啊!真的?晶晶一听不由得激动起来,原来八哥那句"你好,美女"是小孙教的。于是,晶晶一边尝着馄饨一边说:"馄饨真好吃,过去我在学校里的时候也喜欢吃馄饨。"

"你喜欢吃馄饨,以后就叫我儿子包给你吃好啦。"孙太太笑着看着晶晶又问道,"你喜欢我儿子吗?"

"孙太太我真的不知道呀!"晶晶说这句话时,都不知道嘴里的馄饨是什么味了。

于是,孙太太就朝晶晶笑着站起了身,走到房门口,对晶晶挥挥手神秘地走下了楼。

说真的,晶晶对小孙印象是不错的,就那天站在二楼和他一起聊鸟时,她以女孩子的眼光认识了他,认为他是一个非常好的上海小伙子。不过真的要晶晶和他谈恋爱,那她还是感觉有点仓促。可想想自己也到了谈婚论嫁的时候,特别是这次生病住在医院里孤单单一个人,看着别人家有男朋友或是老公照顾,晶晶心里还是十分羡慕的。当晶晶知道那只八哥会说"你好,美女"和学着晶晶的脚步声,原来都是小孙在教的,晶晶还是被感动了,这说明小孙还是真的在意晶晶的。

四

于是,晶晶下楼时,就注意这只鸟了,八哥看见晶晶,就会兴奋地在鸟笼里跳来跳去。几天不见它,八哥又学会新的话了。它见晶晶就说:"做啥呀?你好。"这是晶晶的声音,是晶晶过去对八哥说的话。

"你好。"八哥看着晶晶,没有张嘴。咦?是谁在学晶晶的声音呢？晶晶扭头一看，原来是小孙站在自己身后，是他在学晶晶的声音。顿时，晶晶明白了，八哥会讲这些话，甚至会学晶晶经常讲的"做啥呀？你好"，是小孙学了晶晶的声音再教八哥的。

晶晶被小孙的诚意感动了，就对他说："谢谢你包的馄饨，真好吃。"

"你饭吃了吗？我家冰箱里还有馄饨。"小孙说。

于是，晶晶就进了小孙的家。

虽然，晶晶搬到这里住了几年了，也和他们做了几年邻居，却是第一次进孙家的门。孙太太看见晶晶又是让座又是倒茶，然后就神秘地一笑，说去阳台收衣服。客厅里就留下晶晶和小孙俩人，一台笔记本电脑屏幕上正在播放韩剧《来自星星的你》，晶晶就说："你也在看韩剧？"

小孙说："是我妈在看。"

"那你喜欢看什么电视连续剧呢？"晶晶问小孙。

"我不喜欢看这些肥皂剧，再说我也没有时间看，我喜欢种花养鸟，你看我自己拍的那些花草。"小孙说着，就在电脑上打开了一个文件夹，给晶晶看他在外面拍摄的照片，还真是很多很多呢。但在众多文件夹中，晶晶却看到了一个"五楼美女"命名的文件夹，于是就好奇地问小孙：这个能打开看看吗？

小孙就不好意思地说道："里面的文件已经删除了。"

可晶晶还是好奇地抢过鼠标，点开了文件夹，原来是一个录音文件。晶晶点开，听到了一阵熟悉的脚步声，沿着楼梯笃笃地走着，然后是小孙的声音：你好，美女。

这时奇迹出现了，那个挂在门口的八哥，听到那阵脚步声，就在鸟笼里跳了起来，很兴奋的样子，再听到那句"你好，美女"，就叫了起来："你好，美女。"

顿时，晶晶明白了什么，也就情不自禁地笑了起来，并转过身对着八哥说："你好，帅哥，说呀，说'你好，帅哥'。"

可八哥就是不停地在叫着"你好，美女"。晶晶问小孙："原来你是用录音机把我的脚步声录下来，然后再教鸟说话的。"

小孙点了点头。

那天晚上晶晶睡不着觉了，耳边都是八哥的声音，还有小孙那魁伟的身影，这是她搬到这里两年来，第一次失眠。说实话，晶晶一生中遇到过很多男人，但像小孙这样用心对待她的却是第一个，何况是个上海男人，也是一个很幽默的人。他喜欢她，却让鸟来传达他的意思，他关心她，为她包馄饨，却让他妈妈送上来。这时候，晶晶想起了女朋友们说的话，找老公还是要找个上海男人，他们体贴细腻，会关心人，却没有想到小孙比自己想象中还要细腻，这样的男人也是晶晶喜欢的，她觉得自己不能失去这样的男人。

想到这里，晶晶就打开手机微信，用手机摇了起来，她希望摇到小孙。果然，她摇到了小孙，他的网名就叫八哥，头像就是他本人。于是晶晶毫不犹豫地加了他为好友。很快，小孙通过了。

他通过后，就给晶晶发来一个笑脸，晶晶就还给他一个偷笑，他又送来一朵玫瑰，晶晶再给他一杯茶，然后他发的是一颗心。这时，晶晶就不知道该还他什么了。

沉默了片刻，他在微信上对晶晶说："明天来我家吃馄饨。"
晶晶就说："我要你送上来。"
小孙问："你想吃什么馅？"
"你答应送上来，我再告诉你喜欢吃什么馅。"晶晶说道。
"你说吃什么馅，我就会送上来，但不会给你吃辣的。"小孙说。

晶晶觉得自己好幸福，就偷偷地笑了起来。但她发觉自己的幸福感没有人知道，于是，她就用语音把话发了出去："你做什么馅我都吃。"

小孙也发来一段语音："你只知道吃吃吃，比我家八哥还会学人家的话：你好，美女。"小孙说"你好，美女"时，完全是学着八哥的声音。

接下来，他们就直接视频了，视频中，小孙把镜头对着鸟笼，只见那只可爱的八哥在笼子里对着晶晶叫道：你好，美女。

可晶晶发觉声音不对，哼，肯定是小孙在学八哥的声音，于是，晶晶也模仿起鸟的声音叫道：你好，帅哥。就这样，他们通过八哥谈起了恋爱。

五

最高兴的是孙太太了，每天一早她就为晶晶准备好了早点，只要晶晶打开房门，孙太太的一张笑脸就出现在门口，然后早点就放在饭桌上了。晶晶上下楼梯时，那只八哥还是会在鸟笼里跳上跳下，除了学她的脚步声，和那句"你好，美女"外，已经会说"你好，帅哥"了。

晶晶和小孙相亲相爱。逢周末，他们为鸟儿洗澡，洗好澡后就一起带上鸟笼在小区里散步，听那鸟儿发出的啾鸣声和那句婉转的声音：你好，美女；你好，帅哥。

晶晶依偎在小孙身旁，听着鸟儿发出的声音，看着小孙那健壮的身形，她觉得自己很幸福。在小孙的关心下，晶晶的身体已经康复，并在孙太太的指引下开始调理身体，因为孙太太对晶晶说，把身体养好了，以后生孩子也是个健康的孩子。一想到这孙太太说的话，晶晶就心跳加快，其实，晶晶已经深深爱上了小孙。她相信一个对动物和花都充满爱心的人，肯定对自己的妻子爱得更深。最主要的是小孙让自己觉得在上海有了家，她再也不用一个人孤独地生活了，同时也改了口感，她觉得日常饮食中不吃辣更能尝出生活本来的滋味。

## 拾陆

### 除夕夜，烟花在窗前绽放

一

　　小鹰的丈夫是她的初恋情人，她的婚姻也是她一直引以为傲的事。这人生最大的事情就是婚姻，俗话说，投胎时没有自己选择的权利，但嫁人一定要好好选择。

　　但人生选择也不是件容易的事，有的人一生中会遇到很多人，却始终选择不好。所以，小鹰为拥有过这份纯情的爱恋而感动，为自己的选择感到骄傲。

　　小鹰的丈夫叫田强，是她大学里的同学，来自农村。记得新生报到那天，小鹰因为是本地学生，就被安排做些接待工作。那天，田强在父亲的陪同下来到学校。这是一对朴实的父子，父亲肩挑一根扁担，扛着田强所有的生活用品，操着一口浓重的四川话走进了校园。当时的田强就穿着一双老布鞋，白衬衣，黑长裤，虽然是一身农民打扮，却把小鹰吸引了，他憨厚的脸庞，淡淡的笑意，给人一种诚恳和清新的感觉。

　　那天，小鹰主动陪田强办完了所有入学手续，他们也成了同班同学。

二

　　大学四年，小鹰和田强一直保持着同学关系，彼此没有向对方表露过任何心迹,却又默默地关注着对方。那时,田强读书非常用功,常常一个人揣着一瓶辣椒酱当下饭菜,有时候就一个冷馒头蘸着辣椒酱吃得津津有味,吃完抓紧投入学习。

小鹰曾和田强开过玩笑:要找你的话,不是在图书馆,就是在去图书馆的路上,或是嗅到那股辣椒味,就知道你在哪里了。而田强那刻苦读书的劲头也感动了小鹰,她也把时间花在了图书馆里,只是她不用啃冷馒头,只要从图书馆出来不远就有一条小马路,马路上有全上海最好吃的东西,如柴爿馄饨、生煎馒头、油豆腐粉丝汤,还有上海炒面。小鹰特别喜欢吃这种炒面,宽宽的面条,蘸上红酱油,再加几根青菜梗子,吃的时候唇齿留香。小鹰去图书馆时一定会吃一碗炒面,然后再给田强带上一客,浇上一点辣椒油,就色香味俱全了。

不知是炒面吃到肚皮里有劲了,还是小鹰和田强一直吃一样的炒面进而达成了默契,考试成绩他俩永远是一样的分数,永远最高。

大学生活很快就结束了,毕业典礼有舞会环节。那天,小鹰把自己精心打扮了一番,穿上了一件美丽的连衣裙,心里暗自相信:田强今天一定会请我跳舞的,如果他不请我,我就不和其他任何人跳。

小鹰感觉到自己心里有种说不出的异样,她这才明白,这些年来自己心里始终藏着一个人,这个人就是田强。她一心只想着他,甚至拒绝了不少男同学对自己的殷勤。

舞会是在教室里举行的,一切都显得那么简陋,但同学们兴致很高,纷纷跳起了舞。小鹰找了一个角落坐了下来,装出一副若无其事的样子看着同学们跳舞。第二支舞曲响起时，田强就走到了小鹰面前，他彬彬有礼地邀请小鹰步入舞池。小鹰激动得不知所措，只感觉自己那只被他抓在手掌心的手直冒虚汗。同时，小鹰感觉到田强的身体也在颤抖，他那双诚实的眼睛望着小鹰，欲言又止的样子。小鹰知道他想要说什么，她热切期待着那个幸福时刻的到来。可田强最终什么也没说，只是用他的双手紧紧地托住了小鹰的腰和手，和着悠扬的舞曲笨拙地跳着，还不时地踩到小鹰的脚。尽管如此，小鹰还是感觉很幸福。因为，她这个舞是为田强跳的。

### 三

　　大学毕业后，小鹰来到了一家外资企业，田强则找了一份民营企业的工作，也许，这份工作对他来说不是很满意，但他可以留在上海，留在小鹰身边。

　　田强拿到第一个月工资时，就给小鹰打电话："今晚你有空吗？我想请你吃饭。"电话那端的他显出几分局促。

　　"没有关系，我请你也行呀。"小鹰知道田强经济上并不宽裕，他的父母都在农村。

　　"不，今天我一定要请你。"他的声音从来没有这样自信过。

　　他们找了一家饭店，田强要小鹰点菜，小鹰就点了几个比较经济实惠的菜。这时，田强看了看菜单就笑了，问服务员有没有好的葡萄酒？于是，他们借着灯光，举着酒杯，心照不宣地依偎在一起，开始了心与心的交流。

　　田强第一次喝酒，脸都红到了脖子上。他对小鹰说，就在新生报到那天，他就被小鹰的一举一动打动，从她的身上一点也看不出上海姑娘的架子，不但人长得漂亮，还聪明机灵。但他也明白自己的家庭出身，一个来自四川农民家庭的孩子，配得上大城市里的姑娘吗？但这些年的相处，田强深深爱上了小鹰。他知道知识能改变命运，他拼命地读书，他只想用好的成绩来缩短自己和小鹰之间的距离，也回报小鹰对他的好。

小鹰听着田强的话很感动，不由得多喝了几口酒，她的脸也红红的，但她的心里也越来越明白，这些年来自己也深深爱着田强，爱他所有的一切。

这顿饭吃得漫长而浪漫，好像第一次见面一样，有说不完的话。当他们从饭店里走出来时，看见一位老大娘拿着五颜六色的烟花棒在饭店门口叫卖，小鹰就站在老大娘面前停住了脚步，于是田强就为小鹰买了几支。他们一路走，一路燃放着。小鹰咯咯地笑着，田强就附在小鹰的耳朵边上说："我从来没有看到你这样笑过，那么美。"

是的，夜深人静的上海马路上，微黄的灯光下，一束束烟花为这座不夜城增添了几分喜悦，那是青春时代的爱情燃起的烟花。小鹰对田强说："我喜欢烟花，它能让我回到童年。"
　　田强就对小鹰说："只要你喜欢，我就天天为你放烟花。"

小鹰和田强双双陷入了爱河，一日不见似隔三秋。为了便于和小鹰联系，田强还备了一部手机。那时的手机很贵的，可他情愿节衣缩食，也要天天听到小鹰的声音。

四

　　可是，小鹰和田强的恋爱遭到了父母的反对，他们认为田强是农民的儿子，出身贫寒，像小鹰这样一个外企高级白领，应该找个门当户对的男朋友才是。于是，他们为小鹰到处物色对象，给小鹰造成了很大的心理压力。

　　田强也看出了小鹰的心思，但他仍每天陪小鹰上下班。终于有一天，就在田强陪小鹰要到家门口时，小鹰的父母突然出现在他们面前。小鹰母亲对田强说："你以后不要来纠缠我女儿了，她已经有男朋友了。"这场景让小鹰到现在想起来还觉得难堪。

　　小鹰对母亲的行为非常反感，就反驳道："姆妈你怎么能这样？"

　　"他有什么好？一个农民的儿子，你以后和他生活了，他的父母亲就会带着乡下的七大姑八大姨住到你的家里。你是我们的宝贝女儿，我们可不愿看着你过那种麻烦的生活。"

　　田强站在一旁，脸都发紫了，他咬紧嘴唇不说一句话，只是怔怔地看着小鹰。小鹰已经被她的母亲拉回家了，把田强一个人孤零零地扔在了一边。

　　从此以后，小鹰上下班都是父亲接送，并在家人的撮和下，与一个做生意的台湾人认识了。他叫阿豪，比小鹰大十一岁。也许是出于女孩子的虚荣心，小鹰接受了阿豪从台湾带来的各种礼物，也默认了他对自己的爱意。可在和阿豪接触时，小鹰的心头总会有田强的影子掠过，这时候的小鹰内心是痛苦的，她无法忘记他。

转眼新年到了,阿豪没有回台湾去,就在小鹰家过年。

除夕夜,万家灯火辉煌,窗外响起了噼噼啪啪的爆竹声。小鹰和阿豪坐在沙发上看春节联欢晚会。这时,小鹰的手机响了起来,是田强打来的。

"你好,祝新年快乐。"小鹰听出了田强的声音,就主动和他打了招呼。

"新年快乐,小鹰,你能下楼来吗?我想你。"田强的声音在电话那端颤抖着。

"我……家里有客人。"小鹰不知道其他该说些什么,她又不能说我男朋友就坐在我身边,我们正在看电视,可小鹰又不忍心让他失望,于是,双手紧紧握着手机。

"哦!今天是除夕夜……"田强欲言又止的声音在电话那头响起。

"你没有回家看你的父母吗?"小鹰终于找到了一句话,就问田强道。

阿豪见小鹰拿着手机离开了自己,就走到小鹰身边说道:"小鹰,快来看这段相声,姜昆和大山在表演了。"阿豪的声音很别致,带着浓浓的台湾口音。他的声音也飘进了电话那头,田强很聪明,也很敏感,他在电话里沉默了片刻就对小鹰说:"你幸福吗?"

这是一句很平常的话,却让小鹰不由得心酸起来。说真的,这些日子里,自己一直想念着田强,有时和阿豪在一起,心里想的也是田强。当她听到田强问自己幸福吗,她的心仿佛在滴血,声音哽咽着，半晌说不出话来。

"小鹰，你到你家窗口来看，我在为你放烟花。"田强不等小鹰有什么反应，就挂掉了手机。

这时，小鹰听到了一声惊天动地的爆竹声，呼啸着从窗前掠过，随后半空升起了一朵朵礼花。小鹰激动地奔向窗口，朝下张望着。只见田强穿着一件薄薄的毛衣，半蹲在地上，他在点燃烟花。那灿烂的礼花把半个天空都点亮了，也吸引了许多邻居在观看和欢呼。随着一阵阵呼唤声，小鹰的父母也来到窗前往下看，他们认出田强后，硬要把窗户关起来。可小鹰站在窗前，紧紧抓住窗框不愿离去。她深情地望着楼下的田强，眼也不眨地看着他。

田强的人影已经被一团团的烟雾包围了，但小鹰能看清他的身影，她望着他那副认真的模样，心如刀绞。眼前仍在升腾着美妙无比的礼花，可小鹰的眼眶已经湿润了，她扑在窗前哭了起来。这时，阿豪走到小鹰身边，他轻轻地搂了搂小鹰的腰想要安慰她。可这时，小鹰觉得阿豪的任何一个举动都让自己讨厌，就很不耐烦地把阿豪的手从自己的腰间推开了。

窗外，除夕夜，被烟花照亮的天空突然飘起了如絮的雪花，观看礼花的人群也渐渐散去。田强也踩着那一堆堆的烟花残骸向前挪动着。突然，他停下了脚步，转过身子向着小鹰家的窗口缓缓地挥着手，并深情地呼喊："小鹰，我爱你。"

小鹰再也控制不住自己的眼泪了，那滚烫的泪水顺着脸颊流下，她不顾家人的阻拦，快步向楼下奔去，投向田强的怀抱。

这对恋人终于拥抱在一起了。满天飞舞的雪花在天空上打着旋，把这对年轻人渲染得雪白而浪漫，他们拥抱着、亲吻着，忘记了天寒地冻，忘记了周围的一切，只有灿烂的烟花陪伴着他们。

田强发现小鹰身上只穿着一件毛衣，他就把他身上的那件毛衣脱了下来披在了小鹰身上，但小鹰又怕会冻着田强，于是他们就更加紧地拥抱在一起，她闻到了他身上特有的气息，还有那空气里弥漫着的硫黄气味。

"回家去吧，今天是除夕夜，不要叫你的家人扫了兴。"田强温和地抚摸着小鹰的头发道。
"不，我再也不愿离开你了，我爱你。"小鹰紧紧搂着田强。

那是个难忘的除夕夜，小鹰和田强坐在街头，他们一支接着一支地燃放着手中的烟花，那绚烂的礼花竞相燃放，把他们的心也融在雪花飞舞的夜空。

除夕过后，就是明媚的春天，也是爱的季节，他们将在这个季节走进婚姻的殿堂。不管除夕之夜是多么寒冷和漫长，但和心爱的人在一起，心里永远是明媚的春天。

不久，小鹰嫁给了田强，也拥有了小鹰一直引以为傲的婚姻，因为，她嫁给了爱情。

拾柒 再续情缘

一

小果在回上海之前从来不相信什么前世缘分，什么一见钟情。她出生在法国，长在中国家庭里，所以，她既有法国人的浪漫，又有中国人的拘谨，对前人说的缘分持怀疑态度，对法式爱情抱着抵触情绪。但她姆妈一直对她说，将来找老公一定要找中国人，最好是上海男人，否则找个外国人做女婿，叽里咕噜讲啥话姆妈都听勿懂。

姆妈当年是跟着一帮人从上海的虹桥机场拿着别人的护照偷渡到一个非常小的国家，然后又从这个国家登上了法属的非领，再从非领进入欧洲的。这其中的滋味小果也多次听姆妈讲起过。在从欧洲的一个山上向法国领土爬过去的时候，只听到身后有一帮警察在吹哨子，要捉这些偷渡者。偷渡者来自中国各个地方，男男女女。在拼命逃的时候，女人就是弱势群体了，只要有一个男人肯伸出手拉她一把逃出这场生死圈，女人肯定会以身体报答这个男人的。姆妈那个时候还很年轻，在逃的时候，脚一滑，眼看要滚下山时，边上一个男子马上伸出了手把姆妈从悬崖边拉了回来。于是，姆妈就一路拉着这个男子的手不放，直到爬到了法国的领土上。姆妈和偷渡成功的人一起欢呼了起来，她这才放开了男子的手。可那位男子不肯放手了，紧紧拉着姆妈的手，于是，姆妈就嫁给了他，他也就成了小果的阿爸了。阿爸也是上海人，夫妻二人有共同的语言和爱好，比如都喜欢吃油条、豆腐浆和红烧脚爪。于是，这对上海夫妻在法国巴黎安下了家，开了家饭店，以油条豆浆起家，再卖红烧脚爪。慢慢地，红烧脚爪成为夫妻店的招牌菜，生意越做越好，后来雇了几个中国小工,再聘请了一个上海留法学生做总监,夫妻俩就安心生活,一口气在巴黎生了三个孩子,小果是老三,上面是两个哥哥。

## 二

等小果长成一个二十岁的妙龄少女时,姆妈却不知不觉进入了更年期。姆妈的更年期和一般女人的更年期不一样,发起来就会胸闷,想骂人,甚至想跳楼。于是,姆妈想回上海看看中医,叫老中医搭搭脉,吃点中药调理一下,顺便好好休息,毕竟这些年在法国还是吃过苦头的。

于是,小果就陪姆妈回上海度假。在巴黎机场的入口处,她看见一群出访法国的医疗技术人员,也在办理登机手续,他们是坐同一个航班飞往上海的。人群中,小果看见一位中年男子,神态庄重,举止文明。也许他是这个团队里最有威望的人,前来送行的法国同行对他恭敬有加,为此,小果不免多看了他几眼。

小果觉得他很眼熟,仿佛在哪里见过,但她完全否定了这个猜想。虽然她的父母都是上海人,但她生在法国长在法国,上次回上海也是几年前的事了。姆妈想在上海养老,就拿着自己辛苦挣来的钱在上海的万源城买了一套房子,这次就是回万源城度假的。所以,小果坚持认为自己是很少有机会接触上海人的,何况,从年龄上看,这位中年男子已经可以做自己的叔叔了,凭她在法国的生活习惯,她是不会和他有任何关系的。

但小果就是觉得那个中年男人很眼熟。俗话说:世上独多人像人。小果就在想，这个人会像谁呢？这时，机场的广播响起，先是用法语告诉大家开往浦东机场的航班在几号楼，然后用英语再重播一遍。

小果的姆妈虽然到法国已经几十年了，但她的法语和英语都不行，所以她每次出行不是儿子就是丈夫陪着。现在小果长大了，都说女儿是姆妈的心肝宝贝，于是，就轮到小果陪姆妈回上海了。

就在她们准备去候机厅时，姆妈突然觉得头晕起来，还伴有呕吐的感觉。小果是第一次遇见姆妈这种情况，就有点手忙脚乱起来，不知道怎么办，只会站在姆妈一旁哭着。

这时，那群也准备登机的上海人就立刻向她们走来，其中那位中年男子走到小果面前，温柔地拍了拍她的肩膀道："不哭，我们是医生。"他说完就马上把姆妈扶在椅子上，问小果道，"她有颈椎病吗？"

"是的，姆妈年轻的时候就来法国打工，辛苦工作，落下了严重的腰疼病和颈椎骨质钙化。这次她回上海的目的之一就是去看病，想找个老中医好好调理调理。"小果操着一口夹生半熟的上海普通话说道。同时，她听见有人叫那位中年男子为邢教授。

邢教授就让姆妈在椅子上坐稳，叫她闭着眼睛做了几个深呼吸。在邢教授的帮助下，姆妈渐渐地恢复了平静，血压和心跳都得到了控制，她可以坐飞机了。

为了照顾姆妈，邢教授就让身边的几个同事换了座位，他坐在小果母女边上。

从巴黎飞往上海需要十二个小时，姆妈服了药后，头也不晕了，精神也上来了。这个从小在上海长大的女人和所有上海女人一样就喜欢聊天，现在见身边坐着个稳重、绅士的男人，她就用一口道地的上海话和他聊了起来，问人家孩子多大了？住哪里呀？

邢教授很有礼貌地一一回答了姆妈的话，他告诉姆妈，他未婚，是四川人，在上海读完大学后留在了上海工作。

姆妈一听邢教授没有结婚，还是一个四川人，却讲一口标准的上海话，她就来劲了，就问人家为什么不结婚？上海话怎么讲得这么好？邢教授就笑了笑，没有回答前面的问题，却用上海话回答了后面的问题："因为我的病人中上海人居多，我就跟着他们学会了讲上海闲话。"

姆妈听了就对小果说："侬要好好交向邢教授学习，也要讲好上海闲话，阿拉是上海人。"接下来姆妈不停地叹息着，说这么优秀的男人为啥不结婚，怪不得上海好多女孩子要做"剩女"呢。姆妈还让小果称邢教授为叔叔，说家里有个做医生的叔叔该有多好。

这时，小果对邢教授说："我觉得你好眼熟呢。"
没有想到那位邢教授也说了句："我也觉得你眼熟。"
可他们都认为彼此之间谁也没有见过谁，怎么会眼熟呢？是不是他们彼此像谁？

姆妈听了小果和邢教授的话就更起劲了，她说："我们有缘分，说不定前世就有缘呢。"邢教授也说了一句："中国有句老话，百年修得同船渡。今天，我们坐一架班机在天上飞，不知道要修几千年呢。"

姆妈听了更是高兴，硬要和人家交朋友，还把她们在上海的地址和电话都给了人家，并很郑重其事对邢教授说："你们医院里有好的男孩子吗？给我女儿介绍个对象。我喜欢找个医生做女婿。"姆妈说着，一脸得意相。

小果一听，脸红了起来，就对邢教授说："我还小呢。"

姆妈却说："都二十岁了，怎么会小呢？我喜欢上海男人，找个上海男人做我女婿是最称我心了。"

邢教授就问小果："想找个什么样的男朋友呢？如果有符合条件的，我就在我的学生中帮你物色一个。"

小果就不假思索地回答道："和你一样就可以了。"

姆妈听了却加了一句："可惜你邢叔叔年纪大一点，否则还真是我喜欢的呢。"

姆妈的那句话也是顺口说的，但小果听了心里却"咯噔"跳了一下，仿佛被什么东西刺着了，这颗心似乎有一层密密包裹的东西被揭开了，她自己都说不清是什么原因，眼泪就要落了下来。

邢教授见小果很伤心的样子，就用忧郁的口吻说道："我想起来，你很像我二十多年前的女朋友……"

是吗？小果像邢教授二十年前的女朋友？可小果就是想不起来他像谁。

于是，出于好奇心，小果就缠着邢教授要他讲那个女朋友的故事。

## 三

　　这是一个伤心缠绵的爱情故事,二十多年前,邢教授考进了上海医科大学,那时候他还叫小邢,认识了一个浙江女孩陈萍。陈萍是小邢的学姐,是高一届的优等生,他们是在图书馆借书时认识的。也许是缘分吧,小邢每次去图书馆读书时,陈萍也在借书,碰到的次数多了,他俩就成了朋友,时间一长,互相就产生了情愫。每次到了一定的时间,都会准时出现在图书馆里。

　　很快,陈萍毕业了,她选择了回浙江老家,在那里找了家医院做了一名普通的医生。虽然他们暂时分开了,但书信不断,遇上国定假期,陈萍就会从浙江来到上海看望小邢,他们相约,等小邢毕业了,他也去浙江工作,然后在那里安营扎寨,结婚生子。

　　可没想到,就在小邢临近毕业时,陈萍突然被查出患了肺癌,已经是晚期了。

　　作为一个医生,她很清楚肺癌晚期意味着什么。于是,她把自己的病情告诉了自己的恋人,她说自己最多只能活半年,这半年是自己最珍贵的岁月,她要好好地活过这半年。她想去看看来不及看的美好世界,她最大的心愿就是去小邢的老家看看。

　　于是,小邢就带着陈萍回到了自己的老家南充苍溪。到达南充时已经是半夜了,所有的班车都没有了,他俩就在一个小旅馆里住了下来。

　　房间很小,两张床,陈萍说要和小邢睡在一起。那晚的月是上弦月,半个月亮照在天空上,陈萍依偎在小邢的身旁,睁着一双大大的眼睛，她对小邢说自己很想做他的妻子，可老天爷不同意，所以，她的要求就是在今晚静静地躺在爱人的怀里。她说，今生不能了，只愿来生相逢再做夫妻。

小邢只是抱着陈萍，抬头望着天上的月亮说道："如果有来生，我愿意等。"

陈萍说："你才二十多岁，如果我今年死了马上再投胎，十八年后，我又是一个漂亮的大姑娘了。"

"瞎说，我们都是唯物主义者，都是学医的，人死了就是物质的灭亡，没有什么投胎之说的。"小邢说。

"可我自从知道自己活不长了，我的脑子里就会出现这些想法。"陈萍哭了。

望着伤心的爱人，小邢也哭了，他为了安慰自己，也为了陈萍的那份心愿，就对她说："我答应你，如果有来生，我就等你，问题是，来生我们相遇了又怎么认出对方呢？"小邢为了不让陈萍失望，也就认真地讨论起人的死亡和转世的事情了。

这一晚，陈萍显得十分高兴，话也特别多，等天快亮了，她才甜甜地睡去。在小邢的苍溪老家，陈萍过了几天田野牧歌式的生活，脸上始终挂着微笑，他们都没有向家人表达他们是恋人关系，只告诉大家他们是同学，只是同学。

但在小邢的心里，陈萍就是自己的爱人。离开苍溪后，小邢就把陈萍送回了浙江老家。一到家，她的病情就加重了，住进了重症病房。医生告诉小邢："陈萍的癌细胞已经扩散到全身,这几天就会进入昏迷期,所以你们有什么话就赶快交代吧。"

小邢站在病床前,握着陈萍的手,只感到一阵阵心痛,陈萍已经有气无力,含着眼泪看着小邢。她微微张开嘴巴,想和小邢说话,可她说不出口了,只是用她细细的手指在小邢的手心上写着字:"我真想做你的新娘,喜欢看你家乡田野上的花和晚归的牧童老牛。"当她的手指在小邢手掌上慢慢划过时,他的心都碎了。他捧着她的手放在了自己的脸上,眼泪滴在了陈萍的手掌里。

陈萍就用手轻抚着小邢的头发,又在他的头上写道:"别伤心,我死了,你要好好活着。"

这时,小邢再也控制不住自己的感情,就附在她的耳边说道:"我会等你,等你来生变成一个美丽的小姑娘时,我就娶你做我的妻子。"

陈萍听了,脸上露出了一丝笑容,但她很快就陷入昏迷,将不久于人世了。

陈萍的家人已经在为她准备后事了,小邢却不忍心眼睁睁地看着她离去,不忍心看着心爱的恋人离开自己。他是学医的,知道生老病死是自然规律,但为了表达他对陈萍的爱意,他就跑到一家婚礼商店,为她买来了婚纱和一束手捧花。当小邢把这些东西放在她的床头边时,陈萍已经停止了呼吸,她没有看到这些东西,也没有等到小邢向她求婚,但她是带着美好的心愿走的。

## 四

陈萍走了，她是得肺癌死的，肺癌就成了小邢的天敌，他要攻克这个癌症。毕业后，他找了一家市级医院求职，成为一名肺科医生。转眼二十多年过去，小邢从一名普通的医生成为一名肺科专家。每项课题研究成功，他都忘不了陈萍，是她才成就了今天的邢教授。

二十多年来，很多姑娘纷纷走近了邢教授，可他再也找不到那种爱的感觉。有时候只要他闭上眼睛，陈萍的一举一动就会出现在他的眼前，他答应过她：非她不娶。他也知道，陈萍死了，再也不会出现在自己身边了，他只能把自己那份深情埋在心底。

可今天，他遇见这对母女，特别是小果那么像陈萍，也打开了他心里埋藏了二十年的情，邢教授也就说出了自己的故事。

小果听着邢教授的故事，眼泪像断了线的珍珠哗啦啦地流了出来，她的脑海里仿佛出现了陈萍这个人，她就站在邢教授眼前笑着。她越笑，小果越是流眼泪，最后她竟然捧着自己的脸大哭起来。

姆妈见自己的女儿哭得这么伤心，就用异样的目光看着小果，问她怎么了。小果就对姆妈说："这个故事我似曾梦见过。"

此言一出，姆妈和邢教授都惊呆起来，这个遥远的事情怎么会让生在法国的小果梦到呢？

结果还是姆妈解了围，她对邢教授说："我女儿从小就喜欢做梦，各种各样的梦，醒来后这些梦都记得很牢的，她也一直讲给我听梦中的情境。"

邢教授就对小果说："什么时候来医院，我帮你做个脑电图。"

"我不做。"小果干脆地拒绝了邢教授的好意，因为她喜欢自己做梦，有时候在梦里她可以看到很多稀奇古怪的东西，比方说，她可以在梦里飞，飞过高高的尖顶教堂，飞过茫茫的大海，飞过人山人海。有一次，在飞的时候，一不小心就摔了下来，飞到了一个男人的怀里，啊，这个男人有点像邢教授呀。小果这样一想就多看了几眼邢教授，可又觉得不像，于是，小果就在似梦非梦中睡着了。这次，她没有做梦，她只觉得有邢教授在边上她睡得很香很甜，一觉就睡到了上海。

飞机在上海浦东机场降落，邢教授坐上了来接他们的专车，小果就和姆妈叫了一辆出租车向闵行方向开去。

五

万源城是闵行区新开辟的一块房地产，坐落在比较偏僻的地方，到了晚上路上行人也很少。小果就每天宅在家里看看电视，偶尔上网和在法国的朋友聊聊天，并且把自己在飞机上遇到的事情讲给法国朋友听，她们都不相信前世和来世之说，并笑小果是受了中国人的宗教思想影响太深了。

可小果的脑子里总是挥不去邢教授的身影，好想再看见他，听他说话，听他再讲一遍和陈萍阿姨的故事。

那天姆妈又要出去看中医了,小果就一个人在家里上网搜索一些佛教上有关前世和今生的故事,无意中,小果搜索到了由台湾星云大师编剧的《再世情缘》电视连续剧,她就下载下来。

《再世情缘》讲的是清代的一个掌灯和尚和一个相府的千金小姐八百年前在庙里相识相爱的故事。这个电视连续剧,小果看得热泪盈眶,她相信人生有前世和来生,否则怎么会拍出电视剧呢?

到上海的每一天过得都很枯燥。眼看要过中秋节了,姆妈又去医院看病了,家里就小果一个人看着《再世情缘》。看了几集后小果就想入非非,又做了梦,梦里她还是在飞,在飞得最高时,姆妈回来了,她站在小果面前把她推醒,说家里来客人了。

小果醒来看到眼前的客人时,眼泪不由得夺眶而出,并激动地拥抱了他,拉着他的手就叫邢叔叔。原来,姆妈是去了邢教授的医院。经邢教授介绍,一位老中医为姆妈看了病,并说姆妈在国外辛苦了多年,现在到了更年期,需要好好调养。姆妈对邢教授心存感谢,就把他请回家中,一起过个愉快的中秋节。

此时,小果看着邢教授,邢教授也看着小果,小果就问邢教授道:"我是不是像陈萍阿姨?"

邢教授就点头了点道:"越看越像。"

小果就说:"你就把我当成陈萍阿姨好咪。"

"……"邢教授顿时一脸复杂的模样,他的脸上有一种读不懂的悲伤。

姆妈就说:"邢教授别埋她,小果有时候就喜欢瞎说。"她转身对小果道,"你这个人就是不会说话,什么都敢说,为什么要提邢叔叔的伤心事呢？"

"没有关系，小果说得没有错，她说话的时候神态特别像陈萍。"邢教授说。

小果听了邢教授的话，顿时汗毛都竖了起来，忙用双手捂着自己的嘴巴，她后悔为什么要把自己和陈萍比呢，她毕竟是一个死去的人呀。

小果想到这些时，她突然腹部疼痛起来，虚汗直流。姆妈见状也不知道怎么办了。于是，邢教授马上开着车把小果送到市第六人民医院。经检查，小果是得了急性阑尾炎，需要马上动手术。

姆妈在医院的走廊里不停地来回走动，她不好意思地对邢教授说："我们母女俩多亏了你。"
邢教授却笑了笑。

手术是微创，小果恢复得很快，第二天她就可以出院了。邢教授在接小果出院时，她就对姆妈说："我要宣布一件事。"
姆妈说："可以，你说吧。"
小果就对着邢教授说道："我要嫁给你。"

小果的话还没有说完，姆妈就叫了起来："他可以做你的叔叔了……"
"姆妈，你别管，我爱上了他。"小果说完这句话，就望着邢教授。

邢教授却摇着头，他说："我一直不相信人生有前世和来生，可遇见你，我就像在做梦，但我知道，你不是陈萍，你是小果，你应该有自己的幸福生活。"

说完,邢教授就回到了自己的办公室,无论小果怎么打他的手机,邢教授就是不接。过了几天后,姆妈就带着小果离开了上海,飞回了巴黎,小果就再也没有邢教授任何消息了。

回到法国后的小果,每天晚上做梦,梦见自己飞回了上海,和邢教授在月亮下手搀着手在万源路上散步。那时候,邢教授是小邢,而她就是陈萍。

小果知道姆妈是不会同意自己和邢教授好的,但她愿意等,用她的话来说就如邢教授在等陈萍一样,一等就是二十年。那么她也会等,等到再续情缘的那一天,她一定要嫁给邢教授。

拾捌

相信爱情

一

　　当娜娜从别人的眼神里读到一份对自己的赞美时,她知道自己在这美女如云的上海城里,也算个绝代美女了。娜娜遗传了父母身上的优点,筷子般笔直的腿,匀称的身材,白净的脸蛋,长长的睫毛,明媚的双眸。她的皮肤也很细腻,粉红的脸蛋在阳光下闪着青春的光泽。

　　娜娜是个混血儿,她的父亲是白俄人的后代,她爷爷的爷爷是个白俄贵族,十月革命后逃到了哈尔滨,又从哈尔滨来到刚开埠的上海谋生。她爷爷的父亲就是在上海出生长大,并讨了个上海女子做老婆。等她的爷爷出生时,娜娜一家人都是混血儿了。但有一点一直让娜娜引以为荣的是自己的母亲是个纯正的上海人。那娜娜也是纯正的上海女子了。

　　母亲是个土生土长的青浦人,她说话的声音轻轻的糯糯的,走起路来就像婀娜多姿的杨柳,用大家的话来说,母亲就是林黛玉。

　　林黛玉的女儿就是娜娜,只是娜娜比林黛玉阳光多了。因为从小是高个子,学校里就选她去打排球,等上了中学,又成为区里的排球队员。

　　但娜娜喜欢美丽,不肯多吃东西,怕吃多了身体会发胖,不久她就退出了排球队,成了一个时装模特儿。

做了模特儿，才知道不吃东西是一件痛苦的事。为了保持一副好身材，一天的摄入量最多是一个苹果的热量，不久娜娜就得了严重的胃病。于是，为了身体她又退出了模特这个行当，跟着几个朋友去了滨江大道开了家咖啡馆。

二

滨江大道是上海最美的地方，被称为未来的天堂。在天堂里，喝着清香的咖啡，又多了几分浪漫。她在这浪漫的天堂里认识了李小泉，一个长得不是很帅的小伙子。但他每天下午2点就会准时出现在咖啡馆里，有时候会带着几个朋友来，但更多的是他一个人来喝咖啡。

初次认识他时，娜娜只知道他穿得干净利落，每天2点会准时推开那扇落地玻璃门，出现在咖啡馆里。他手里拿着一个很简单的公文包，轻轻推开咖啡馆的门后，就在他老位子坐下来，然后点上一杯清咖，捧着一本杂志看着。

有时候，他坐一会儿，手机响了，他就走了。有时候，他会坐很长时间，直到咖啡喝完了，还坐在那里，皱着眉头望着窗外想着他的心思。窗外是美丽的黄浦江，还有迎风高飞的江鸥，几株在风中舞动的杨柳慢慢地吐着新芽。春风轻轻地吹过，荡起了风中的杨柳，倒映在碧波荡漾的黄浦江上。

在这般风和日丽的春色中，娜娜的心悠悠地荡起一阵春波，女孩子莫名其妙的感觉让她想哭、想笑、想找个人说说话。但她知道自己是女孩子，绝对不可以做出"十三点"的事情。不过看着坐着的李小泉,他那份神情仿佛在想着什么遥远的事情,娜娜就被他感染了,她知道自己此时想要和李小泉接近,却又不好意思主动去搭讪。于是,娜娜更觉得自己有一份委屈感,更想哭了。

娜娜是个情绪化的女孩子,就如当初退出排球队,又改行做模特儿,最后和朋友一起开了这家咖啡馆。她在想出一个主意的时候,另一个新的主意又出来了。有时候会有多个主意,反而让娜娜失去了很多主意,因为她不知道选择哪一个。此时,就在她思考和李小泉搭讪还是不搭讪时,她那受过伤的胃却随着她的情绪波动突然抽搐起来,她开始觉得胃痛,过了一会儿整个腹部都痛起来了,黄豆般的汗水不停地从额头上滚落下来,她就捂着腹部痛苦地倒在工作台上呻吟着。

## 三

此时是下午2点过后,咖啡馆里人不多,几个服务生,见娜娜发病了都措手不及。这时,李小泉走到她面前,伸出手摸了摸娜娜的额头,摸到了一手虚汗。李小泉就蹲下身子问她:"我送你去医院看病好吗?"

娜娜用求助的眼神望着他,点了点头。

李小泉扶着她走到他的车子前,这是一部"路虎"越野车,车门很高,她试着几次想踏上车门,可她浑身无力,几次都失败了。这时候,李小泉一把把她抱进车里。

在医院里,李小泉跑进跑出,一会儿为她付药费,一会儿陪她做检查。他只顾忙着,始终不说一句话,态度认真负责,完全是一副成熟男人的样子。

检查结果出来了,娜娜得的是急性胃炎,需要吊针治疗。

在急诊室的输液室里,娜娜闭着眼睛。李小泉就坐在她对面的椅子上,拿着一张报纸看着。偶尔他会抬起头看一眼吊在半空里的药水瓶,当发觉药水快没了,他就跑到护士台去叫护士来换药。

整个过程,他们都没有说一句话,她不知道他在想些什么,但她的心已经沸腾起来,几瓶药水滴进她的血液里,病疼已经减轻,心情却澎湃起来。好几次娜娜想和他说话,比如说你姓什么呀?是上海人吗?你有女朋友吗?等等许多婆婆妈妈的事情。但她又不好意思开口问,毕竟她从小是在上海的石库门里长大的,家教也很严。从小,妈妈就不让她站在弄堂里和男孩子搭讪,也不准穿着拖鞋和睡衣睡裤在街上行走。直到现在她也不穿拖鞋出门,包括夏天里穿的皮拖鞋。平时她就穿高跟鞋,这是她的最爱。

所以,从小养成的生活习惯,让娜娜知道做一个女孩的矜持。但她的好奇心让她几次偷眼去看李小泉,这时候,他的目光和她相遇了,他抓住了她的目光,就对着她微微一笑,他问她:"好点了吗?"

"好多了。"她的声音轻得就如蚊子在叫。
"你脸色也好看多了。"他说。
"真的?"娜娜不由得用双手去摸了一下自己的脸蛋。

他却惊叫起来:"小心,你在输液呢。"说着就向娜娜奔来,把弄扭曲的输液管拨正,然后低下头来看她的静脉,刚才娜娜的一举手，针头滑了出来，手背上有血出来了。

李小泉就跑到护士台去叫护士了，他回来时就拿着一块棉球，蹲下身子为娜娜的手背上拭去鲜血。他动作很轻，当他擦好后，就在她手背上吹了几下。她的手背上有点痒痒的，但她的心里却有一股暖流，他的动作就如她的父亲，让她倍感亲切。

这次吊针吊了足足四个小时，等娜娜输完液，天已经黑了。她也觉得肚子在叫了，但她又不好意思开口说她想吃饭。倒是李小泉问她了："你想吃些什么？"

娜娜摇了摇头。可她身边几个同样在吊针的人却捧着从永和大王那里买来的面条和馄饨呼哧呼哧地吃着，还不时地飘着葱花的香味，她的口水不由得要流出来了。

李小泉却说："还有十多分钟，药水就可以吊完了。"
"好的。"娜娜答道。

## 四

很快药水吊完了，娜娜走出了医院。如果说她进医院时，是弯着腰用双手捂着腹部的话，那她出医院时，已经是神气活现了，腰挺了笔直，拿出了一个模特儿的范儿。

娜娜跟在李小泉身边，脚上的高跟鞋踩在地上发出清脆的声音，这时她发觉李小泉个子不是很高，在她这个模特儿出身的人身边，他的头才刚刚和她平齐。但娜娜更注意的是他身上有一股特别的气质,准确地说,是成熟男人的魅力。

李小泉走在娜娜前面,为她打开了车门,娜娜大方地坐了进去。他问她:"我带你去吃点东西吧?"

娜娜说:"好的。"

很快他们就到了位于滨江大道的一家饭店,这可是一个高档的地方,一个人平均消费不到一千元的话,是根本吃不到什么菜的。但他只是在饭店门外停了一下,又开足马力,把她带到了火车站边上的一家广式茶餐厅,他对她说:"你胃不好,还是吃清淡点。"

娜娜觉得这个男人想得很周到。

他为她点了一碗白粥,就一碗白粥。

娜娜看着清粥没有动筷子,她还想吃根油条或是油煎什么的,于是,就自己拿起菜单准备点起来,李小泉却阻止了她。她就瞪了他一眼,自言自语说了句:"小气鬼。"

李小泉却看着她,摇了摇头。他自己点了一碗面津津有味地吃了起来。

娜娜心里明白,知道李小泉是为她好,胃炎刚发作过,喝粥是最养胃的。

在送她回咖啡馆的路上,娜娜知道了他叫李小泉,是浙江人,在上海开了一家公司。具体是什么公司?李小泉只是淡淡一笑道:"上海有很多大公司,我这个公司不足挂齿。"

娜娜听了也不再多问了，可她心里还是有点疑惑的：他每天不用在公司上班？每天可以来喝咖啡？

回到家里的娜娜，整个晚上有点反常，似乎还有点兴奋，她睡不好觉，满脑子全是李小泉的影子，他的举手投足，一幕一幕在她脑子里重现。回想起李小泉时，娜娜那份想哭的感觉又出来了，这种感觉不是第一次出现，就如她每次看他坐在咖啡馆里凝望远方时，她望着他的样子，心里就有一种莫名其妙的冲动，她想哭。

于是，她就起床，打开手机上百度去搜索，把自己的情况放在了词条里，搜索的结果是："你渴望爱情。"娜娜一看不由得笑了起来，她问自己：难道我爱上了李小泉？

想到爱，娜娜还真的没有好好爱过呢，再加上她平时混血儿的优越感，给人居高临下的感觉，一般男人也不敢正眼看她。上海男人是有自知之明的，知道癞蛤蟆是吃不到天鹅肉的，去讨好一个美女，不如取悦门当户对的姑娘。所以，看似高贵的混血儿，又有一个洋人名字的娜娜，其实在成长过程中，对男人的认识是寥寥无几的，甚至在她青春期时对男人的概念都是模糊的。

现在，娜娜遇上了李小泉，难道这就是她的初恋吗？于是，她就认真回想着今天发生的一切，是的，她发觉自己是反常的。说实话，她平时是一个话痨，性格也开朗。可今天和李小泉在一起，她却没有说话，好像很害羞。一想到这里，她的心跳就加速，脸不由得红了。难道自己真的爱上他了？

第二天，娜娜在咖啡馆里上班，她一个上午坐立不安。好不容易到了下午2点，咖啡馆的门轻轻打开了，娜娜一见，忙迎了上去。

可仔细一看，进来的人却不是李小泉。

她回到吧台，心里狠狠骂自己"花痴"。

就在这时，她觉得有一个人站在她背后轻轻地咳了一声，她回头一望，顿时心花怒放起来，是李小泉。

她转过头对着李小泉笑着。他也笑着对她说："今天气色好多了。"说完，他就在老地方坐了下来，点了一杯清咖。

娜娜亲自把咖啡端到他面前，还送上一款特色点心"巧克力蛋糕"，说了句："今天我请客。"

李小泉很有礼貌地从她手中接过咖啡和点心，然后端起咖啡喝了一口，他品味着，说今天的咖啡真好。

娜娜听了很开心，坐在他对面，告诉他，今天的咖啡是她配制的，希望他喜欢。

李小泉却把头伸到她的面前对她说："咖啡再好喝没有米其林的菜好吃，为了赔你昨天的一碗白粥，晚上我请你吃饭。哦，不过，你的胃好点了吗？还疼吗？"

"好的呀，我胃不疼了。"娜娜已经完全忘记了在男人面前的一份矜持，露出了一个小女孩天真的模样。

李小泉看着娜娜的模样笑了，然后伸出他的手指轻轻地在她鼻子上刮了一下。

如果在平时，娜娜肯定为一个男人刮自己的鼻子感到讨厌，可现在，她却觉得李小泉像个大哥哥的样子，把自己当作妹妹一样。

五

到了吃晚饭的时间，李小泉在咖啡馆门口等她。她坐上了他的"路虎"，来到滨江边上的一家高级餐厅。

此时，华灯初上，浦江两岸灯红酒绿。他们坐在包间里，房间里弥漫着甜蜜的温馨。李小泉把菜单放在她面前，对她说："你想吃什么就点，只要你胃不会难过就行了。"最后他用俏皮的口吻说，"我可不是一个小气的人。"

娜娜看着菜单，每个菜都是几百元一款的，她就对李小泉说："我是上海小姑娘，我不喜欢白吃人家的。今天我们 AA 制。"

"啊？"李小泉好像第一次听到 AA 制这句话，他睁大眼睛，久久地看着她，过后，他就点了点头。

娜娜这才点了她喜欢吃的菜，最后为了显示自己是个上海小姑娘，是有品位的，她点了盅燕窝炖木瓜。

李小泉不愧是浙江人，他喜欢吃海鲜，就点了一盆帝王蟹。

菜不多，但精致美味。娜娜坐在李小泉的对面，落落大方地吃着，慢慢地吮着燕窝炖木瓜。

李小泉望着娜娜，问她还想吃什么？她这时才发觉自己的胃口好大呀，居然把一盆帝王蟹吃了半只，一盅燕窝也喝光。于是，娜娜就不好意思地摇了摇头。

他对她说："娜娜，你吃饭的样子真可爱。"

他说他喜欢看女人吃饭的样子，一个女人的品味在吃饭的时候最能看出来了。娜娜一听，差点晕过去，她在想刚才吃饭的样子肯定很难看，狼吞虎咽的。可看李小泉和自己说话样子又不像嘲笑自己。于是，她听他讲着："娜娜，平时，我最讨厌上饭店吃饭，应酬、虚伪、下作，什么样的事情都会在饭桌上发生。可今天看着你吃饭就是一种艺术享受。"

"好啊，那以后，你每天陪我吃饭，享受艺术吧。"她随口一说，却脸红了。

就在这时，包房的门打开，走进一个服务生，问他们还需要什么服务，当他知道他们已经吃好了，就为他们端上一盆水果，然后轻手轻脚地退出了房间。她却冲着他叫了起来："买单吧。"

服务生对她说："不用买单了。"

有这么好的事情？吃饭不用买单。

这时，李小泉冲着她笑了笑："我在这里吃饭是记账的，根本不用付现金。"

"可我们是AA制呀？我用红包付你的钱。"娜娜坚持要付钱，并拿出了手机。

这时候，李小泉就说了一句："我平时不用微信的，我在这里是有股份的，我请你来吃饭，就是想请你提点意见，包括对菜肴的点评。你只要在菜单上签个名字，留下你的手机号就行了。我们会给你一个大大的礼物。"

娜娜一听，眼睛瞪得大大的，半信半疑地看着李小泉。他却对她点了点头。

"原来你是开了这个公司啊？"娜娜这才明白过来李小泉说自己开了个公司的话。

这顿饭吃得非常浪漫，让娜娜感觉到了自己的高贵，在上海滩这样有品位的餐厅里吃饭。她甚至在想，这样的待遇也许是爷爷的爷爷在白俄时享受过的，现在，作为白俄贵族的后代娜娜也享受了。而最开心的是李小泉告诉她他还是单身，只要她愿意，可以每天在这里享受贵族的生活。

娜娜醉了，她没有喝酒，但她的心比喝了酒还要醉醺醺。当他们走出饭店时，夜已深，清爽的江风迎面扑来。李小泉因为喝了点酒不能开车了，他建议沿着滨江大道散步。

娜娜走在李小泉旁边，她听到了自己的心跳声。就在她不知所措时，她发觉自己的手已经被李小泉握着了，她没有抽出手，只是任由他握住。

李小泉的手很温和，手掌也很大，就如眼前的黄浦江。她的手在他的手掌里就如一只小船荡漾在江水里，她有点紧张。也许他发觉了她的手在颤抖，就更用力地握了她一下。她被他一握，不知怎么就哭了出来。

他们停了下来，靠在一棵杨柳树下，李小泉问她为什么哭？她对他说：自从发觉他每天下午2点来咖啡馆喝咖啡，望着他凝视窗外的一切，他的模样让她有一种想哭的感觉。今天终于憋不住地哭了出来。

李小泉一听，什么话也不说，就把她紧紧地抱在了怀里。

他们依偎在一起，娜娜明白自己已经爱上了李小泉，从他的举止中，她也知道他爱着自己。就在这时，娜娜听到了一个诱惑的问题："愿意做我的女朋友吗？"

她点了点头。于是，李小泉轻轻地从胸口吐出一口长气道："我一定会娶你。"

那天晚上，娜娜跟着李小泉进了一个高级宾馆，在吧台登记时，娜娜拿出了身份证，并用信用卡付了押金。那一晚他们没有分开，李小泉陪着娜娜度过了一个甜蜜的夜晚。

第二天，下午2点。咖啡馆的门没有打开。

第三天，整个下午咖啡馆里都没有人进来。

第四天，娜娜忍不住给李小泉打电话了，电话那头却传来了关机的信号。

第五天，娜娜快要疯了。她沿着滨江大道在寻找李小泉的影子，可江边开过的"路虎"一辆又一辆，都不是娜娜坐过的车。也没有李小泉这个人，仿佛这个让娜娜痴情的人在这个世界上蒸发了。

这时，娜娜怕了，她怕自己遇上了一个骗子。她还想起在宾馆登记时，用的是自己的身份证和信用卡。如果……啊呀，娜娜想到如果，不敢再往下想了。何况，她也经常在微信朋友圈里看到各种各样的渣男帖子，她怕自己遇上了渣男。

往后的几天，娜娜提心吊胆地等待着，她希望自己的手机能跳出李小泉打来的电话，又怕接到银行或是类似高消费的信息提醒。那份担心让她达到了发疯的地步，并怀疑起爱情，料定男人都不是好东西。

第二个星期，就在娜娜魂不守舍时，她的手机嘟嘟地响了，提示有信息进来。娜娜的脸都紧张地抽搐了，她不敢去看信息，她怕是银行发来的账单。但她还是对李小泉怀有一份渴望，因为她爱着他，相信他不是渣男，也相信自己的直觉，否则，自己真的是个"十三点"女人了。于是，她点开信息。天呐，发短信的正是李小泉。当娜娜看到"李小泉"这三个字时，心都要从胸腔里跳出来了，而最让她心跳加速的是李小泉在短信里写道："当你收到短信时，请抬起头看窗外。"

娜娜忙把头转向了窗外。咖啡馆外面停着一辆粉红色的玛莎拉蒂跑车，李小泉坐在驾驶室里，手里拿着车钥匙，对着娜娜挥舞着。这时候，娜娜的手机又响了，李小泉又发来一条短信，他对娜娜说，这辆玛莎拉蒂是我向你求婚的礼物。如果你愿意，就做我的新娘吧。娜娜打开了咖啡馆的门，向门外奔去，一边叫着："我愿意！"

当娜娜奔到李小泉身边时，却气愤地把李小泉递上来的钥匙摔到了地上，她伤心地哭了起来："这些天你去哪里了？害我找得你好苦啊。"

李小泉却抱紧了娜娜，他说："我只想给你个惊喜。"
"我不要什么惊喜，我只想看到你人。"娜娜越哭越伤心。

"不哭了，问你一句话，愿意嫁给我吗？"李小泉说道。
"我愿意。"娜娜说着也抱紧了李小泉，紧紧地抱着，怕他又要在人间蒸发了一样。

后来，娜娜才知道，她在宾馆登记时，李小泉记住了她的身份证号，并用她的身份证号买了玛莎拉蒂跑车作为求婚礼物。

娜娜和李小泉闪电式地结婚了，她成为一个集团老总的夫人，但她并没有过上养尊处优的生活，而是仍然开着咖啡馆，做着自己喜欢做的事情。同时，她用自己的幸福告诉身边的人，相爱的人应该相信爱情。只有建立在爱情基础上的婚姻，才是真正的婚姻。

后 记

在完成了前三本的"十八"系列后,作为一个上海女儿,我已经完成了一个心愿,就是对得起生我养我的亲人,我的祖母、父亲、母亲及看着我长大的弄堂里的阿姨爷叔们,我的书全部是献给他们的。

但有读者对我说:我们喜欢读你写的书,你要写下去。

想想也是,我是一个喜欢写作的人,也喜欢和朋友聊天,他们信任我,讲给我听很多故事,这些故事加上我自己的经历,足可以编很多故事,尤其是爱情故事,可以挽回那些不相信爱情的人的信心。

上海是一个海纳百川的城市,她包容性很强,也包容着各式各样的爱情。在我们以及我们父母的年代,人们对爱情没有什么复杂的想法,只知道我爱你就要无悔地付出,我爱你就是要让你过得幸福,只要你幸福,在不在一起也不那么重要。

那时候,这种情是多么纯洁,多么伟大。我们没有丰厚的物质条件,但我们有浪漫的情怀。我们没有山盟海誓,但我们有同甘共苦的决心。就是因为这种信念,即便在追求物质的年代里,上海人的离婚率在全国也是偏低的。

所以,在读者的要求下,我写出了《上海十八恋》,以发生在上海的十八个爱情故事为主线,写出了男女主人公的生与死、聚与散。

写作过程中，我多少次被这些人物的命运所左右，多少次因这些特殊年代下的人物命运和阴错阳差而哭泣。我仿佛也回到了自己的青春年代，重温了自己的初恋和深深爱过的人以及被别人爱过的往事，我相信读者也会回忆起自己那美好的青春岁月。人的一生什么都可以忘，但永远不会忘记自己青春时代的美好爱情。

每一本书都有一个要献礼的对象。《上海十八相》是献给祖母的，《上海十八样》是献给母亲的，《上海十八行》是献给父亲的。那么，这本《上海十八恋》就献给我自己吧，也是纪念自己的青春和曾经的爱恋。

在完成了这四本"十八"系到之后,也许我会继续写，但会换个题材，因为上海的故事很多很多，每天都有新的故事在发生。我们除了怀念过去，更应该敞开胸怀拥抱更灿烂的明天，也相信明天所发生的故事是未来值得一写的最精彩的故事。

在此，谨向我的合作伙伴施振华先生表示诚挚的问候。另外，也向读者致歉，此书因为施先生的身体原因，没有插画，这也许是本书的一个遗憾。

让我们共同期待后续更好的作品，共同弘扬上海文化。